文春文庫

万《まん》両《りよう》ノ雪《ゆき》

居眠り磐音（二十三）決定版

佐伯泰英

文藝春秋

目次

「居眠り磐音」主な登場人物

坂崎磐音《さかざきいわね》
元豊後関前藩士の浪人。藩の剣道場、神伝一刀流の中戸道場を経て、江戸の佐々木道場で剣術修行をした剣の達人。

おこん
磐音が暮らす長屋の大家・金兵衛の娘。今津屋の奥向き女中。磐音と結婚の約束を交わした。

今津屋吉右衛門《いまづやきちえもん》
両国西広小路に両替商を構える商人。お佐紀《さき》と再婚した。

由蔵《よしぞう》
今津屋の老分番頭。

佐々木玲圓《ささきれいえん》
神保小路に直心影流の剣術道場・佐々木道場を構える磐音の師。

速水左近《はやみさこん》
将軍近侍の御側御用取次。佐々木玲圓の剣友。

依田鐘四郎《よだかねしろう》
佐々木道場の元師範。西の丸御近習衆。

松《まつ》平《だいら》辰《たつ》平《ぺい》
佐々木道場の住み込み門弟。父は旗本・松平喜内《きない》。廻国武者修行中。

重《しげ》富《とみ》利《とし》次《じ》郎《ろう》
佐々木道場の住み込み門弟。土佐高知藩山内家の家臣。

品《しな》川《がわ》柳《りゅう》次《じ》郎《ろう》
北割下水の拝領屋敷に住む貧乏御家人。母は幾代《いくよ》。

椎《しい》葉《ば》有《ゆう》
品川柳次郎の幼馴染み。現在は平川町の屋敷で暮らす。

竹《たけ》村《むら》武《ぶ》左《ざ》衛《え》門《もん》
南割下水吉岡町の長屋に住む浪人。妻・勢津《せつ》と四人の子持ち。

笹《ささ》塚《づか》孫《まご》一《いち》
南町奉行所の年番方与力。

木《きの》下《した》一《いち》郎《ろう》太《た》
南町奉行所の定廻り同心。

小《こ》林《ばやし》奈《な》緒《お》
磐音の幼馴染みで許婚《いいなずけ》だった。小林家廃絶後、江戸・吉原で花魁《おいらん》・白鶴《はっかく》となる。前田屋内蔵助に落籍され、山形へと旅立った。

坂《さか》崎《ざき》正《まさ》睦《よし》
磐音の父。豊後関前藩の藩主福坂実高《ふくさかさねたか》のもと、国家老を務める。

『居眠り磐音』江戸地図

新吉原
山谷堀
叡山 寛永寺
待乳山聖天社
向島
今戸橋
上野
下谷車坂町
浅草
金龍山 浅草寺
下谷広小路
新寺町通り
新堀川
吾妻橋
業平橋
品川家
十間川
首尾の松
北割下水
今津屋
本所
天神橋
石原橋
法恩寺橋
新シ橋
竹村家
南割下水
柳原土手
両国橋
横川
長崎屋
金的銀的
竪川
薬研堀
鰻処宮戸川
大川
六間堀
若狭屋
猿子橋
新大橋
小名木川
日本橋川
本橋
万年橋
深川
霊巌寺
鎧ノ渡し
亀島橋
金兵衛長屋
霊岸島
八丁堀
永代橋
仙台堀
永代寺
鉄砲洲
富岡八幡宮
佃島
越中島

護国寺
中山道
日光御成街道
面影橋
小石川
伝通院
本郷
牛込
豊後関前藩
上屋敷
湯島天
尚武館佐々木道場
神田川
牛込御門
神田明
表猿楽町
九段坂
駿河台
田安御門
神保小路
昌平橋
市谷八幡宮
内藤新宿
四谷大木戸
市谷御門
善国寺谷通
麹町
江戸城
四谷
四谷御門
大手御門
半蔵御門
平川天満宮
馬場先御門
鍛冶橋御門
南町奉行所
溜池
数寄屋橋御門
木挽橋
三十間堀川
原宿
愛宕権現
増上寺
芝
宝泉寺
麻布村
麻布広尾町

本書は『居眠り磐音　江戸双紙　万両ノ雪』（二〇〇七年八月　双葉文庫刊）に
著者が加筆修正した「決定版」です（「あとがき」も含む）。

編集協力　澤島優子
地図制作　木村弥世
DTP制作　ジェイ　エスキューブ

万両ノ雪

居眠り磐音(二十三)決定版

第一章　明和八年のおかげ参り

一

笹塚孫一《ささづかまごいち》は御用部屋から庭に植えられた加賀梅の老木を見た。

南町奉行所内では臥龍梅《がりょうばい》と呼び習わされていたが、笹塚には、不釣合いにも一方向へと枝を伸ばしただけで、老梅の風格に欠けているように思えた。それでも僅《わず》かに膨らんだ蕾《つぼみ》に春の気配が感じられた。

笹塚の膝《ひざ》には浦賀《うらが》奉行所から回ってきた手配書があった。

「くそっ、とうとう本性を見せおったか」

笹塚は手配書をぎゅっと握り潰《つぶ》すと、六年前の夏を思い出した。

明和《めいわ》八年（一七七一）、伊勢《いせ》に向かう人波は二百万人を超えた。

「おかげ参り」の流行だ。

江戸市中からも昼となく夜となく、お店《たな》の奉公人、職人衆などが三々五々伊勢へと向かった。

夏六月初め、江戸はそよとも風が吹かず、陽《ひ》が落ちても炎暑が居座っていた。

そんな日が連日続いたせいか、町並みが土煙で黄色に見えた。

夕暮れ、人々は大戸を下ろしたお店の前や長屋の木戸口に縁台を出し、気温が下がるのを待った。

そんな中、笠《かさ》を被《かぶ》り、手に柄杓《ひしゃく》を持ったおかげ参りの一団が続々と品川《しながわ》宿を目指していた。

この夜も九つ（十二時）を過ぎてようやく風が吹き始め、人々は眠りに就いた。

丑三《うしみ》つ（午前二時〜二時半）の刻限、内藤新宿《ないとうしんじゆく》の追分《おいわけ》の子安《こやす》（子育て）稲荷《いなり》近くの麴屋宣左衛門《こうじやせんざえもん》方に、おかげ参りの白装束姿の賊が入り、金蔵を破って千両箱を強奪し、風のように消えた。

無言の裡《うち》にも統率のとれた一団で、刃物を振り回したものの、麴屋の一家、奉公人のだれ一人傷つけることなく、また女衆《おんなし》を犯すことのない鮮やかな犯行であった。

麹屋は代々新宿追分で塩・味噌《みそ》・麹などを商い、分限者《ぶげんしゃ》として知られていた。

更なる不幸は押し込みの一味が去った後に起こった。

手足を縛られていた手代の善造《ぜんぞう》が必死で手足の縛《いまし》めを解《と》き、危難を知らせに番屋へ走ろうとした。だが、足の縄が片足に絡《から》みついたまま飛び出したために転び、廊下に置かれていた行灯《あんどん》を倒してしまった。

その火が障子に燃え移り、足に縄を絡ませたまま焦って消そうとしたために火を煽《あお》り、それが天井へと瞬く間に燃え移り、二階じゅうに広がった。

「善造、縄を解いておくれ！」

その間にも奉公人仲間が叫び、身悶《みもだ》えした。

善造はいよいよ焦ってそれでも足に絡まる縄を解き、なんとか仲間の縛めを解いた。

そのとき、炎は店じゅうに広がる勢いになっていた。

なにしろ江戸は乾燥しきっていた。からから天気が何日も続いたところに火が出たのだ。

「火事だ！」

という声に、ようやく眠りに就いていた内藤新宿の住人が飛び起きて火を消しはじめた。

麴屋の前の通りを挟《はさ》んだ町屋の後ろには火消役渡辺図書助《わたなべずしよのすけ》の屋敷があったため、屋敷から迅速に臥煙《がえん》が押し出してきて、火を麴屋一軒の全焼に消し止めたのは不幸中の幸いであった。

だが、この失火が原因で、麴屋宣左衛門とおなかの主《あるじ》夫婦に番頭の公蔵《こうぞう》が焼死した。

火事の発端が調べられ、

「夜盗」

が入ったことが分かって取調べが行われた。

夜盗が入った上に火事で三人が焼死しているのだ。

内藤新宿は元禄《げんろく》十一年（一六九八）に、日本橋から高井戸《たかいど》の間の新宿として宿駅が始まった。だが、享保《きようほう》三年（一七一八）に一旦廃止される。そして、五十四年後の明和九年（一七七二）、この騒ぎの翌年に再興されることになる。

つまり明和八年当時、内藤新宿は正式には宿駅ではなかった。それだけに警備が手薄だった。

宿場役人では埒《らち》が明かないと月番の南町奉行所に連絡が行き、数寄屋《すきや》橋から与力の笹塚孫一らが押し出して調べを担当することになった。

笹塚は当番方与力の一人で、定廻《じょうまわ》り同心らを指揮して探索の陣頭指揮に当たっていた。この笹塚が南町与力二十五騎同心百二十五人を束ねる年番方《ねんばんかた》に就任するのは翌年のことだ。

この折りの南町奉行は明和五年（一七六八）から町奉行職に抜擢《ばってき》された牧野大《まきのおお》隅守成賢《すみのかみせいげん》だ。

牧野はこの明和五年から天明《てんめい》四年（一七八四）までおよそ十六年にわたり奉行職の激務を務めることになる。

五尺そこその小柄な体付きながら胆力を持ち合わせた大頭与力を年番方与力に抜擢するのも牧野だ。それだけに笹塚には、牧野の期待に応《こた》えたいという気持ちが横溢《おういつ》していた。

笹塚は早速陣笠《じんがさ》を大頭にちょこんと載せて現場に入った。

内藤新宿の宿場役人や御用聞きが小柄な与力を、

「このお方で大丈夫か」

という目付きで見た。

笹塚はそんな勝手な観察をよそに現場を見て回り、おおよその経緯《いきさつ》を知ると、おかげ参りが通過する品川宿をはじめ三宿に使いを走らせ、一行に紛れて賊の一味が江戸を離れぬか警戒させた。

麹屋は火事で全焼し、金蔵にも火が入り、なにがなんだか分からない状態だった。そして、庭であったと思《おぼ》しき空き地に三つの黒焦げの亡骸《なきがら》が並べられていた。

「主夫婦と番頭が亡くなったと聞いたが、宣左衛門に子はおるのか」

笹塚は筵《むしろ》が掛けられた亡骸から眼を上げてだれとはなしに訊いた。

「おなか様は宣左衛門様にとって二度目の嫁女でして、独り息子の太郎吉《たろきち》はまだ五つと幼のうございます」

土地の御用聞きが答え、身内の中で一人だけ助かった太郎吉の面倒を女衆が見ていると答えた。

「先妻とは死に別れか」

「いえ、生き別れにございます」

笹塚孫一は、生き別れの理由《わけ》を告げよという顔で御用聞きを見た。

「へえっ、おさく様には子が生まれなかったんで。それで中野村の実家に戻されたんです。宣左衛門様はそれから三年後におなか様と再婚なされ、一年後に太郎吉が生まれたのでございますよ」

「さようか」

と答えた笹塚が、

「店を仕切っていた番頭も死んだとなると、麹屋の奥向き、店の商いが分かる者はたれか」

「筆頭手代の幹蔵《みきぞう》でございます」

御用聞きは後ろに控えさせていた四十がらみの奉公人を顎《あご》で指した。

幹蔵は寝巻きのままで、顔は煤《すす》で真っ黒だった。

「幹蔵他、奉公人は揃《そろ》うておるな」

「男六人、女衆四人、揃っております」

幹蔵は生き残った男衆《おとこし》の一人だった。

「幹蔵、大変であったな」

「はっ、はい」

夜盗と火事の二重の災難に放心状態の体《てい》で、衝撃に打ちのめされたままだ。幹蔵から僅か数間のところに主らの亡骸があった。

笹塚は幹蔵を近くの子安稲荷の境内《けいだい》に連れていき、尋問することにした。稲荷社の境内にも焼け焦げた臭《にお》いが漂っていたが、麴屋の焼失現場ほどではない。

「幹蔵、まず押し込みから訊く」

「はい」

「賊は何刻に押し入ったか」

「天竜寺の時鐘が八つ（午前二時）を打ったのを、うつらうつら寝床の中で聞いておりましたので、八つ過ぎかと思います」

「うーむ」

と唸《うな》った笹塚が、何人であったな、と訊いた。

「よくは分かりません。ただ気がついたときには店の二階の奉公人の寝間に白装束が入り込んでいて、無言のままに段平《だんびら》を突き付けられ、後ろ手に縛られていました。手際がよくて、抗《あらが》うことなどとてもできませんでした」

「そなたは大部屋に寝ておったか」

「はい。手代から小僧まで同じ部屋でした。女衆も二階の別の部屋に寝ておりました」

「番頭の公蔵はどこに寝ておった」

「一階の、店と母屋の間の六畳間が番頭さんの部屋でした」

「公蔵と主夫婦がどうなったか承知じゃな」

「はっ、はい。火事で亡くなられたとか。ですが、店の二階に寝泊まりしていた私たちは、母屋や番頭さんの部屋でなにが起こったか、なにも見ておりません」

「賊は主と番頭に金蔵を開かせ、金子《きんす》を奪いとっていったようだが、そなた、麹屋の金蔵にいくら金があったか承知か」

「金蔵は代々旦那《だんな》様だけが出入りできる場所。番頭さんも金蔵の奥までは入ることはできませんでした」

「麹屋に千両箱がいくらあったかも知らぬか」

幹蔵が頷《うなず》いた。

「麹屋は内藤新宿でも分限者、千両箱の五つや六つあったろうな」

幹蔵は首を横に振り、

「奉公人には皆目分かりません」

「推量も付かぬか」

と繰り返した笹塚に幹蔵が首を横に振った。

「幹蔵、賊は何人であったか、分かるか」

「二階の奉公人の部屋に入り込んできたのは四人かと思います」

「そなたら男衆は六人であったな」

「お役人様、無言できびきびと動く白装束に抵抗なんぞできませんでした」

笹塚は頷くと、

「そなたらを縛ったあと、その四人組は奥に向かったか」

「番頭さんと奥は、四人とは別の組かと存じます。私どもを襲った四人組は女衆の部屋に移り、ここでも手際よく縛り上げたようです」

「麴屋に入った賊は四人以上というわけじゃな」

「私の勘では六人か七人ではないかと」

「麴屋に賊がおった間はどれほどか」

「半刻《はんとき》（一時間）とはおりませんでした。せいぜい四半刻《しはんとき》（三十分）でしょうか」

「なんとも手際がよいな」

幹蔵がこっくりと頷いた。

「そなた、賊が金蔵から千両箱を奪い、消え去るのを見ておるまいな」

「見ておりません。ですが、お役人様、見習いから手代に昇進したばかりの善造が手足を縛られたまま、芋虫のように這《は》って階段近くまで移動して、一瞬ですが、白装束が店の奥から表に飛び出していくのを見ているそうです」

笹塚は土地の御用聞きに合図を送り、善造を連れてくるよう無言で命じた。

「幹蔵、賊どもは去るに際して火を放っていったか」

「いえ、そうとは思えません」

「ではどうして火が出たな」

念を押すように訊いた。

「手代の善造が手足を縛られた縄をなんとか解き、押し込みの襲来を表に知らせようと慌《あわ》てて、二階の廊下においてあった有明《ありあけ》行灯を転がしたのが火事の原因にございます」

「しかと間違いないか」

「間違いございません」

きっぱりと幹蔵は答えた。

「行灯の火が障子に燃え移り、それが部屋中に広がるのを、私どもは手足を縛られたまま見ておりましたから、賊が火を放ったのではございません」

「賊が出ていってから、善造が表に飛び出そうとして行灯をひっくり返すまでの間はどれほどか」

「四半刻はたっぷりございました」

「幹蔵、念を押すが、賊の侵入と火事の原因は違うのだな」

「違います」

御用聞きが善造を連れてきたが、見習い手代から手代に昇進したばかりの善造は幹蔵以上の衝撃を受けており、夏の陽がすでに子安稲荷社に射《さ》し込んで気温が上がっているというのに、がたがたと体を震わせていた。

「善造に、たれか茶なり白湯《さゆ》なりを与えよ」

と笹塚が命じ、手下の一人が近くの家に走り、白湯を湯飲みに入れて運んできた。

「善造、飲め」

笹塚に何度か命じられ、善造はようやく湯飲みを両手で持ち、手下の手も借りてなんとか喉《のど》に流し込んだ。白湯に噎《む》せたあと、善造は肩で荒い息をした。

「善造、そなた、賊が逃げるのを見たそうだな」

「はい」

善造は蚊の鳴くような声で答えた。

「何人であったな」

「わ、分かりません」

「そなた、二階の階段上から見たのであろうが、とくと思い出せ」

「はあ」

と応じた善造はしばらく放心の体で虚空に両眼をさ迷わせていたが、

「十人とはいなかったように思えます」

「十人とはいなかったとな」

「いえ、やっぱり十人はおりました」

「十人より多いか少ないか」

「はっきりいたしませぬよ、お役人様」

善造は泣き崩れた。

笹塚はしばし善造を泣くがままにしておいた。内藤新宿の宿場役人や御用聞きは、

「なぜびしびしと取り調べぬ」

という顔で笹塚の調べを見ていた。

「善造、落ち着いたか」

「はっ」

「賊は逃げ出すとき、金蔵の千両箱を担いでおったかどうか」

「千両箱？」

善造はぽかんとした表情を見せ、首を横に振った。

「なに、千両箱を担いでおらなんだと申すか」

「はい」

「ならば賊は素手であったか」

しばらく沈黙した善造に、

「落ち着いて賊の格好を思い出してみよ」

「白装束に手甲脚絆《てっこうきゃはん》でした」

「笠はどうか」

「被っておりました」

「顔はどうか」

「手拭《てぬぐ》いで眼の下まで覆っておりました」

「よう覚えておるではないか」

「金剛杖《こんごうづえ》を持っている者も、柄杓を手にしたものもおりました」

「刃物はどうだ」

「腰に差していたと思います」

「足は草鞋《わらじ》掛けか」

「はい」

と答えた善造が、
あっ
と声を上げた。

「背に櫃《ひつ》か笈《おい》のようなものを負っておりました」

「賊全員がそうか」

「いえ、背負った者と空身《からみ》の者がいたように思えます」

怪しまれないために、奪い取った千両箱を櫃か笈の中に隠して運び出したと推測された。

「善造、よう思い出した。他に見たことはないか」

善造はしばしまた沈思した。

「お役人様、最後に出ていったのが頭分《かしら》であったかと思います」

「見たのだな」

「はい。その者だけが笠の下の顔を手拭いで覆っておりませんでした」

「覚えておる風体《ふうてい》を述べよ」

「一味が無事逃げるのを見届けるように、階段下で立ち止まったんです」

「ほう」

「煙草《たばこ》入れから煙管《きせる》を出して刻みを詰め、子分の一人が持参していた小田原提灯《おだわらぢょうちん》で火を付けました」

「それでどうした」

「一服深々と美味《うま》そうに吸うと、最後に悠然と出ていきました。良い香りの刻みでした」

「年格好はどうか」

「三十七、八。恰幅《かっぷく》のいい男できりりとした顔をしていました」

「武士か」

「いえ、町人です」

「間違いないか」

「渡世人かもしれません」

「渡世人とな」

笹塚は、渡世人の親分にしては子分どもがようも掌握されているなと思った。

「賊どもは一言も口を利《き》かなかったのだな」

善造は頷いた。

「善造、火事の一件じゃが、そなたが倒した行灯の火が障子に燃え移ったのが原因と考えてよいか」

「旦那様方を死なす羽目に陥れ、申し訳ございません」

善造は大声を張り上げると、

「旦那様、お内儀《ないぎ》様、番頭さんを焼き殺したのは私です！」

とさらに叫び、身悶えした。

二

笹塚孫一は麴屋の奉公人全員の尋問をさらに続けた。だが、筆頭手代の幹蔵と手代の善造以上の証言は出てこなかった。

身内の中で一人だけ助かった太郎吉は、火事騒ぎの中で庭にいるところを奉公人に助け出されていた。

太郎吉が炎に巻かれずに助かった理由は、賊一味が五つの太郎吉の手足を縛らなかったからだ。

夜盗の侵入に仰天した太郎吉は賊が去ったあと、店の奉公人に助けを求めようとして庭に出たところで、炎を見て立ち竦《すく》んだのではないかと笹塚は推測した。賊の一味の頭分を見たとしたら、この太郎吉だけだった。だが、騒ぎの衝撃で女衆に抱かれて泣き続けるばかりで、話を聞くことすらできなかった。

笹塚は太郎吉が落ち着くのを気長に待つことにした。

火を出す原因を作った善造の始末だが、笹塚は他の奉公人とは別にしばらく番屋に留めることにした。その行為を咎《とが》め立てするためではない。善造がよからぬ考えを起こしてもならぬという配慮からだ。

だが、内藤新宿の宿場役人や番屋の連中は、火事騒ぎの因《もと》となった手代の扱いが手緩《てぬる》いと見ていた。ために、番屋に留め置かれた善造にあれこれと今後の、

「沙汰《さた》」

を勝手にも大仰に語り聞かせたという。

騒ぎのあった夕暮れ、善造の姿が番屋から消えた。

「野郎、逃げやがったぜ」

「南町の旦那が甘いからこんなことになる」

などと、土地の御用聞きは番屋の不手際を棚に上げて言い合った。

笹塚孫一は善造の行方不明を聞くと、すぐに宿場じゅうを探索させた。捕縛《ほばく》するためではない、

「入水《じゆすい》」

などを考えてのことだ。

探索から二刻（四時間）後、善造が天竜寺の鐘撞《かねつ》き堂の梁《はり》に自分の帯で首吊《くびつ》りしているところが発見された。

笹塚孫一にとって大事な目撃証人の自裁だ。なんともやりきれない思いが募った。

笹塚は忽然《こつぜん》と消えた一味が、いくらおかげ参りに紛れて逃げたとしても、江戸のどこにも全く痕跡を残していないことに疑問を抱いた。

（内藤新宿内に塒《ねぐら》を持っていたのではないか）

この推測のもとに内藤新宿の探索を続行させた。すると土地の宿場役人らは、

「なんて間抜けな探索かえ。おかげ参りの格好でわざわざ押し込んだんだぜ。今頃、江戸を何十里も離れたところで高笑いしているぜ」

「宿場内に怪しげな一団がいたらよ、すぐに目につかあ」

と言い合った。

笹塚は自説を曲げることなく、数寄屋橋から連れてきた同心らを督励して探索に当たらせた。

笹塚は一味が押し入った刻限に注目していた。

八つ過ぎに麴屋に押し入り、四半刻で仕事を済ませて逃走した。夏のことだ。七つ（午前四時）には白んでくる。となると、いくらおかげ参りに紛れての逃走とはいえ危険と考えざるをえない。

もしかすると、内藤新宿内に塒があり、そこに身を潜《ひそ》め、探索が一段落した後に悠々と逃げようと考えているのではないか、そう推測してのことだ。

この一件が起こって三日目の昼下がり、土地の御用聞き駕籠《かご》屋の紋蔵《もんぞう》が、臨時廻り同心の歌垣彦兵衛《うたがきひこべえ》に伴われて笹塚の前に出た。駕籠屋と異名が付くのは、先祖が内藤新宿で駕籠屋をやっていたからだ。内藤新宿が廃止になったとき、駕籠屋をやめ、土地の親分の手下になって今では宿場の顔になっていた。

「笹塚様、紋蔵がちと面白きことを探り出してきました」

「なんだ、申せ」

「仲町裏町の若い食売《めしもり》が身請《みう》けされたそうでございます」

「景気がよい話ではないか」

「二十《はたち》のお香《きょう》を落籍したのは、多摩川の鮎《あゆ》を新宿に運ぶ男なんで」

「鮎は活きのいいのが一番だ。夜中に多摩川くんだりから新宿まで天秤棒《てんびんぼう》で担いでくるのは大変だが、その分稼ぎがよいというでな」

とはいえ季節の商いだ。

「身請けの金はいくらだ」

「包金一つ（二十五両）です」

「妙だな」

笹塚孫一は仲町裏町に二人の案内で向かった。

内藤新宿は下町、仲町、上町に分かれ、仲町裏町は仲町の南に位置する。

お香はすでに見世を退《ひ》く仕度をして帳場にいた。

「お役人、なんぞ御用で」

食売旅籠《はたご》の主が慌てた。宿駅でもない内藤新宿に江戸町奉行所の役人が顔を出すことなど滅多にない。出したとしても同心どまりで、与力が出役《でやく》してくることなど驚天動地の出来事だ。

笹塚孫一が帳場にどっかと腰を下ろし、大頭で主を睨《にら》んだ。

「この家がお上の許しもなく食売を抱えておることを、今宵《こよい》は咎めに参ったのではない。ちと教えてくれぬか」

細面の若い女はしれっとしていた。

「なにをでございますか」

「お香とはこの女か」

「へっ、へえ」

「お香、おまえ、強運じゃそうな。客に落籍されたそうではないか」

「ふあい」

「相手はたれか」

「新《しん》さんですけど」

色が白く細面のお香が言った。暗い帳場で見るせいか、内藤新宿には惜しい女だった。だが、どこか頭の螺子《ねじ》が弛《ゆる》んだような力の籠《こも》らない返答だ。

「本名はなんという」

「新さんは新さんですよ」

「なに、おまえは相手の本名も知らぬのか。新の字は馴染《なじ》みだろうな」

「この家では三度泊まれば馴染みだよね」

「これ、お香、お役人になんて口の利き方をするんだ」

主が慌てたがお香は平気の平左だ。

「新の字はいくつだ」

「四十二と言ってましたけどね」

「おまえとは親子ほど歳《とし》が離れているな」

「親の歳だろうとなんだろうと、夜な夜な秣臭《まぐさ》い馬方なんぞと寝させられるより
なんぼかいいよ」

「おまえ、新の字とはどこで会うな」

「そんなこと、お役人でも言えませんよ」

「言えぬか」

「あたいは行きますよ」

お香が立ち上がった。旅籠の主がなにか言いかけたが、笹塚孫一が制止し、

「幸せに暮らせ」

と言った。

「旦那、世話になりました」

お香は最後にぺこりと頭を下げてさっさと帳場を出ていった。

間をおいて、御用聞きの紋蔵が心得顔でお香のあとを追う。

「旦那、お香の客は兇状《きょうじょう》持ちですかえ」

「なんの証拠《あかし》があるわけではない。麹屋の探索が難航しておってな、このような話にも耳を欹《そばだ》てねばならぬのだ」

「旦那は正直な方だねえ」

と答えた主が、

「麹屋の一味と疑っているのなら、新助《しんすけ》は白だね。なぜって新助がお香に包金一つを渡したのは、麹屋の騒ぎの二日ほど前に泊まったときのことですぜ」

「間違いないか」

「間違いっこありませんや。だって、お香が帳場に顔を見せて、身を綺麗《きれい》にしたいから清算してくれと包金を出して言い出したのは、内藤新宿じゅうが大騒ぎになった前日の朝のこってすよ。こんなことはうちでも初めてですから、よく覚えてまさあ」

同心の歌垣が笹塚を見た。

「ふうっ、見当違いであったか」

と自ら得心させるように大頭を振った笹塚が、

「鮎運びは日銭を稼ぐというが、それにしても包金とは豪勢、なかなかの懐《ふところ》具合だな」

「旦那、鮎運びなんかで包金二つも稼げるものですか。わっしは博奕《ばくち》で当てたと思ってますがねえ」

「なに、あやつ、お香に与えた包金の他に、もう一つ包金を持っていたというか」

「お香の話ですがね」

「博奕でなら、その手もないこともないが」

と頷いた笹塚孫一は、

「邪魔をしたな」

と言い残し、食売旅籠の外に出た。

お香は甲州《こうしゆう》道中を西に向かって歩いていた。

西に傾いた陽がお香を正面から赤く照らし出していた。風呂敷包みのわずかな荷を背に斜めに負ったお香の足取りはだらだらとしたものだった。

笹塚と歌垣の半丁前を紋蔵が行き、さらにその一丁ほど前にお香がいた。

甲州道中の角筈《つのはず》村を出て幡《はた》ヶ谷《や》村に差しかかり、お香はさらに西を目指した。

「笹塚様、新助と高井戸宿で落ち合う気でしょうか」

「この刻限だ、まずそんなところかな。布田《ふだ》、府中《ふちゅう》には足を伸ばすまい」

「新助が五十両を博奕で稼いだとしたら、麴屋の一件とは関《かか》わりございませんが」

「包金を二つ稼げる賭場《とば》が内藤新宿に立っておるか」

「近頃寂れておりますからな、まず小便博奕でしょうな。新助がなにで稼いだか知らないが、麴屋の一件とは関わりございませんぞ」

「ないと思うか」

「笹塚様はあると思われるので」

「そこが今一つ分からぬで、こうしてお香を尾行《つけ》ておる」

吐き捨てるように言って、笹塚は額の汗を手拭いでごしごし拭《ぬぐ》った。

内藤新宿から甲州道中一番目の宿駅に戻った高井戸宿までは二里だ。高井戸宿は下高井戸宿と上高井戸宿の二つからなっていた。

お香は下高井戸宿を通り過ぎ、上高井戸宿に入った。

すでに陽光は道の向こうに沈み、茜《あかね》色に染まった空が乾燥しきった街道を覆っていた。

路傍に細流を利用した水車があったが、このところの日照りで干上がり、動きを止めていた。

「まさか日野《ひの》辺りまでのすおつもりじゃございませんよね」

うんざりした口調で歌垣が笹塚に言った。

鮎運びの本場は多摩川沿いの日野村だったからだ。

上高井戸宿は本陣一軒旅籠二軒と、宿駅としては大きくない。

悠然と歩くお香の足が宿場の真ん中で止まり、茶店の親父に声をかけた様子があった。そして、街道から路地裏に姿を消し、紋蔵も続いた。

「どうやら落ち合う先は上高井戸であったか」

再び姿を見せた紋蔵が笹塚らを振り返り、こくりと頷いた。

上高井戸宿長泉寺の門前町といっても茶店が数軒あるだけだが、その中に旅人宿相模屋《さがみや》があった。

お香が相模屋に投宿したのを確かめた紋蔵が、後から来る笹塚らを待ち、

「お香め、暑い盛りを歩かせましたぜ」

とぼやいた。その額には黒く汗の跡があった。

笹塚は今しも暖簾《のれん》を下げようとした茶店の陰から旅人宿を見た。旅回りの商人

が泊まりそうな旅籠で、間口が狭く奥行きがありそうな平屋だった。

「旦那、わっしが様子を探ってめえりやす」

と紋蔵が姿を消した。

濁った赤色に変わった西空が、
すとん
という感じで暗く沈んだ。

蚊がぶうんと羽音を立てて笹塚らに襲いかかってきた。

歌垣が汗をかいた首筋を、
びしゃり
と叩《たた》いた。

そのとき、紋蔵が戻ってきた。

「新助とお香は落ち合いましたぜ。今晩は宿に泊まり、明日は七つ発《だ》ちだそうです」

「馴染みか」

「いえ、二人とも初めての客だそうです」

どうします、という顔で紋蔵が笹塚を見た。すでに紋蔵の顔もよく見分けられないほどの闇《やみ》が上高井戸宿を覆っていた。

「客はいるか」

「いえ、あの二人だけで」

「隣部屋が取れるか」

「そいつはなんとかなりましょう」

「宿の主に御用だと言い聞かせ、われらを隣部屋に入れるよう手配いたせ」

「へえっ」

紋蔵が再び姿を消した。

・

半刻後、笹塚孫一は、新助とお香の部屋とは薄い壁を隔てた隣部屋に投宿していた。歌垣彦兵衛と紋蔵は、狭い廊下を挟んで新助らの向かい部屋に陣取っていた。

新助とお香は酒を酌み交わしているらしく、お香のどことなく間の抜けた声だけが聞こえてきた。

笹塚も膳《ぜん》を前に徳利の酒を舐《な》めるように飲んでいた。

「どうしたものか」

南町奉行所の与力の威光にものをいわせてこの足で踏み込み、新助を問い詰める手もないわけではない。だが、与力の矜持《きょうじ》がそれを許さなかった。

新助は分不相応な五十両を持っていて、その半金を身請け代としてお香に渡していた。真っ当に稼いだ金子ならば、奉行所の役人が問い詰める理由はない。だが、笹塚孫一の勘が、

「どこか怪しい」

と訴えていた。

だが、身請けの金子を麴屋の一件以前から新助が持っていた事実は動かしがたい。このことが笹塚孫一を躊躇《ちゅうちょ》させていた。

「お香、明日は早い。寝ようぜ」

「おまえさんの故郷の勝沼《かつぬま》は遠いのかい」

「並の旅なら二日だ。だが、おめえの足なら三日はかかろうぜ」

「足は丈夫だよ。だいたいが二日で行くのなら、あたいだって行けないことはないよ」

布団が敷かれる音がして、新助がごろりと横になった気配がした。しばらく無言の間があって、

「あっ、そうだ。新宿の宿に役人が来たよ」

とお香が言い出したのはそのときだ。

「なにっ、役人が」

がばっ
と新助が跳ね起きた気配があった。

「あたいが帳場にいたとき姿を見せて、新さんの身許《みもと》なんぞを訊いたけど、適当に返事をしておいたよ」

新助が激しく舌打ちした。

「大事ないよ」

「馬鹿野郎、おめえになにが分かる。その様子を詳しく話せ」

お香がぼそりぼそりと笹塚孫一との会話を思い出して喋《しゃべ》った。

「ねっ、だからさ、心配ないって」

「ちょいと黙ってろ」

長い沈黙があった。

「どうするのさ」

「これから夜旅だ」

「あたい、歩けないよ」

「ぐずぐずぬかすな。役人なんぞにうろちょろされてたまるか」

「ほんとうに旅立つ気かえ」

隣部屋で慌ただしく旅仕度が始まり、障子が静かに引き開けられた。すると廊下に笹塚孫一ら三人が立ち、

「新助、身請けの金子の出所《でどこ》をとくと聞かせてもらおうか」

と笹塚が言い、

「くそっ！」

と叫んだ新助が道中差の柄《つか》に手をかけようとしたが、歌垣彦兵衛が前帯に突っ込んでいた十手を抜くと、
びしり
と手首を叩き、紋蔵が飛びかかった。

三

上高井戸宿の宿駅問屋が番屋も兼ねていた。そこで笹塚自身が新助を厳しく問

い詰めたが、新助は、

「関八州《かんはっしゅう》を転々として賭場で稼ぎ溜《た》めた金だ」

と言い張り、

「麹屋の一件だって、おれはあの騒ぎの前からこの金は懐に入れてたんだぜ。そんな危ない橋を渡るものか」

と白《しら》を切りとおした。

笹塚孫一も攻めあぐねた。

夜明け前、笹塚はお香を尋問するために番屋から旅人宿に戻った。お香には歌垣をつけて宿に残していた。

「新助の奴《やつ》、吐きましたか」

歌垣が訊いた。

「強情を張り通しておるわ」

「笹塚様、ちと新助の体に訊いてようございますか」

笹塚はしばらく沈思した後、

「無理をするでないぞ」

とそれを許した。

歌垣が旅人宿から番屋に飛んでいった。

「お香、おまえが知っていることを喋れば、新助は痛い目に遭《あ》うこともない。またおまえの手に戻るやもしれぬ」

「お役人、喋るたってあたいはなにも知りませんよ」

「新助は三度泊まったと言ったな。いつ身請けの話になった」

「だからさ、数日前に新さんが来たときにおまえを身請けしたいと言ったのさ」

「いきなりか」

「いきなりだねえ」

「おまえはすぐにうんと言ったのか」

「あたい、大勢を相手にする食売に向いてないのさ。だから、二つ返事だったよ」

「突飛とは思わぬか」

「寝物語に、もしこの世で望みを叶《かな》えてくれると神様が約束してくれたら、あたいなんでもするよ、と言ったことがあるのさ。そしたら、新さんはあたいに訊いたよ」

「望みとはなんだ」

「子供相手に小さなだんご屋をやりたいのさ」

「ほう、甘味屋か」

「あたい、子供の頃から甘いものに目がないのさ。だけど、滅多に買ってもらったことはなかった。だから、金持ちになったら、好き放題食べられるようにだんご屋を開きたいのさ」

「やりねえ、おれが出してやろう」

と言って笑った。

「ほんとうかえ、あてにせず待っているよ」

お香は新助の首っ玉に縋《すが》った。

「ああ、あてにせず待ってな」

食売と客の他愛もない「嘘《うそ》」だった。だが、

「お役人、新さんは覚えていたんだよ。次のとき、身請けの金子を持ってきたもの」

驚いた話だぜ、と笹塚孫一は呟《つぶや》き、訊いた。

「なぜ、新助はその場でおまえを伴い、帳場に行かなかった」

「あたいも言ったんだよ、新さんが落籍するなら旦那に言ってくれってね。そしたら、鮎運びがこんな大金をどうしたなんて勘ぐられるのは嫌だから、おれが帰った後に話をしてくれって、どうしても聞かないんだよ」

笹塚の胸に釈然としないざらざらした思いが残った。

お香の返答に、ではない。新助の言動にだ。

（なぜ新助は身請けの手続きをお香一人にやらせたか）

笹塚はお香とあれこれ話してみたが、取り留めのない話ばかりで埒が明かなかった。

そんなとき、表戸が乱暴に引き開けられ、廊下に足音が響いて、歌垣彦兵衛と紋蔵が息せき切って姿を見せた。

「お呼びだそうで」

「たれがそなたらを呼んだ」

「それは、笹塚様でございましょう。急ぎ二人で宿に戻れと使いを寄越されたではありませんか」

「なにっ」

笹塚が刀を摑《つか》むと立ち上がり、

「おれはそのような使いを出した覚えはないぞ」

と叫び、三人は顔を見合わせた。

「歌垣、そなたはここに残れ」

笹塚は命ずると、紋蔵と二人で上高井戸宿の宿駅問屋へと走った。

油障子を開いて飛び込むと、二人の目に惨劇が飛び込んできた。

「なんてこった」

番太《ばんた》は殴られたか、土間に突っ伏しており、大黒柱に縛られていた新助の胸には匕首《あいくち》が深々と刺さり、首を垂れていた。

笹塚は首筋に指をあてた。まだ体は温かで、今にも鼓動を打ちそうな感じだった。

「笹塚様、いったいだれが」

「麴屋に押し入った賊の頭分よ。こやつはなかなか慎重な上に危険な野郎だ。手先どもの行動を見張っていたらしい」

「どうして麴屋の賊と申されるので」

「新助が言うように関八州の賭場で稼いだ金子なら、かような目には遭うまい。

こやつの口を封じたのがなによりの証拠《あかし》だ。頭は新助の口を封じた代わりに新助が一味だったと吐いたようなものだ」

紋蔵、と御用聞きの名を呼んだ笹塚が、

「すぐに旅籠に戻れ、お香の身が危ない。歌垣にこのことを伝えよ」

と命じた。

荒く弾む息の下、顔を緊張に引き攣《つ》らせた紋蔵が三度夜明けの宿場町へ飛び出していった。

内藤新宿の麴屋の一件は頓挫《とんざ》した。

笹塚は南町奉行の牧野成賢に進退伺いを出したが、

「笹塚、けりを付けるまで辞めることは許さぬ」

とそれを受け取ることを拒まれた。

笹塚孫一はお香を江戸に呼んだ。

お香は新助が客であった関わりだ。奉行所が罪科《つみとが》を問うことはできない。笹塚は新助が懐に残していた金子二十余両をお香に下げ渡し、

「お香、江戸でだんご屋をやらぬか」

と誘った。

「あたいがだんご屋をですか」

「夢なのであろうが。その気ならすべてわしが段取りを付けてやるぞ」

お香はしばらく考えた後、こっくりと頷いた。

笹塚は約定《やくじょう》どおり江戸三十間堀川に架《か》かる木挽橋《こびきばし》際の、間口一間半の小店を借り受け、お香にだんご屋を始めさせた。

お香の開店資金はむろん新助が懐に残していた小判であった。

笹塚はこのだんご屋を見通せる蠟燭《ろうそく》屋の二階部屋を借り受け、昼となく夜となく見張らせた。

新助の口を封じたほど慎重な頭分が次に目をつけるとしたら、新助が身請けをするほど惚《ほ》れ込んだお香と思えたからだ。

見張りは夏から秋、さらに冬へと続いた。

江戸に木枯らしが吹く日、笹塚孫一が、すっかりだんご屋の女将《おかみ》が板についたお香を訪ねると、店の前に万両の鉢が置かれていた。むろん笹塚の姿は南町奉行所の与力の格好ではない。荷を担いだ小商人《こあきんど》という形《なり》に扮《ふん》していた。

お香のだんご屋は中に入ると二坪ほどの土間に床几《しょうぎ》が三つほど並んで、その場で茶を喫しながら串だんごを食うこともできた。

刻限は昼下がり、客はいなかった。

「万両を買うたか」

「いえ、お客様からの貰《もら》い物ですよ」

お香は笹塚に茶を運んできた。

「ほう、そのような客が付くほどに江戸の暮らしに馴染んだな。植木屋の職人か」

「さあてどうでしょう」

とお香は遠くを見る目付きをした。

「この鉢の木、万両っていうんですか」

「ああ、万両だ。赤い実は鳥なんぞに食べられなければ、春先までもつぞ」

「万両か」

「千両という鉢物もある。正月なんぞに飾られているのを見たことはないか」

「お役人、あたいの正月がどんなだったか、教えましょうか。千両も万両もあるどころか、正月だというのに食べ物も暖をとる炭も薪《まき》もなかったよ。ひもじい腹を抱えて水っ洟《ぱな》を垂らしながら震えていましたよ」

内藤新宿の食売に売られる娘の家がどれほど悲惨か、笹塚は改めて思い知らされた。

「これからはおまえの力で銭を稼ぐがよい」

「お役人、新さんを殺した男がここにも来ますかね」

お香は笹塚孫一の意図を見抜いていた。

「知っておったか。確かにおれは、おまえを囮《おとり》にして野郎を釣り出したいと考えておる。おまえとて新助の仇《あだ》を討ちたいだろうが」

「仇だなんて、三度ばかり肌身を擦り合わせただけの男ですよ」

「なら、なぜおれの話に乗った」

「そりゃ当たり前ですよ。食売上がりにどうして暮らせというんですね。弟や妹の多い貧乏な実家には帰りたくもない。そこでだんご屋の話に惹《ひ》かれたんですよ。だって、お役人がお膳立てしてくれるというのだもの。あたいは世話なしでだんご屋の主になれるんですよ」

ぼうっとしているようで、お香はちゃっかりと計算ができる女だった。

「騙《だま》したようで騙されておったか」

笹塚孫一が苦笑いをしたとき、お香が、

あっ！

と叫んで万両の鉢に目をやり、釘付《くぎづ》けになった。

「どうした」

お香の顔に恐怖の表情がじんわりと浮かんできた。

「おばちゃん、串だんごちょうだい」

木挽町界隈《かいわい》の子か、妹の手を引いた五つくらいの姉娘が握り締めた銭をお香に突き出した。

「お香さん、客だぜ」

笹塚に言われて、お香は名物の串だんごを数えもせず紙に包み、姉娘に手渡した。反対に姉娘から銭が差し出されたが、お香は何文あるのか勘定もせず前掛けに突っ込んだ。

「ありがとう、おばちゃん」

小さな客が店先から走って消えた。

「お役人」

とお香が笹塚を見た。

「新さんが泊まっていた二度目の夜のこと、寝言を洩《も》らしたんですよ。はっきりとした寝言でしたよ」

「なんと言った」

「万両の親方」

「ほう、万両の親方とな」

笹塚は、内藤新宿の麴屋に押し入り、手際のよい仕事を果たし終えた賊の頭分の風貌《ふうぼう》が、じんわりと浮かび上がってきたのを感じた。

「万両の親分ではなく親方と言うたのだな」

「親方だったよ」

お香の答えははっきりとしていた。

「そのことを新助に問い質《ただ》したか」

お香は首を横に振った。

「だって、新さんの体の中にはどこか得体の知れない暗闇《くらやみ》があったもの。それが怖くて訊けなかったんですよ」

「万両の鉢を貰《もろ》うたと言うたが、その客はどんな風采《ふうさい》だ」

「大店《おおだな》の旦那様といった風体で、木挽橋で猪牙《ちょき》を捨てたようでしたよ。植木市で買い求めたが重いからおまえさんにやろう、店に飾っておけば金が儲《もう》かるよ、って言ったんです。その上、甘い物に目がないんでねと言い訳するように言うと、ここで串だんごを三本美味《おい》しそうに食べていきましたよ」

「年格好はどうだ」

「大きな人でね、四十前後ですかね」

「新助と年格好は一緒だな」

「でも、一緒なのは年格好だけさ。紬《つむぎ》を着た格好も仕草も大旦那の貫禄《かんろく》だもの」

「顔はどうだ」

「役者顔というのかねえ、市川団十郎のようにはっきりとした目鼻立ちだったよ」

手代の善造は、麴屋に押し入った一味の頭分は、三十七、八、貫禄のある渡世人ふうだったと言った。だが、善造はそのとき縛られ、気が動転していた。少しくらい年齢を若く見てもおかしくない状況だった。

「この界隈に帰る様子だったか」

「だって猪牙を降りたんだもの、そうでしょうよ」

「とすると、一旦は買った万両の鉢をおまえにくれていったな」

お香がようやく、

「万両の主」

がだれかに気付いたふうに、

「あの方が万両の親方かえ」

「なんとも言えぬ」

「違うね、あれは職人の親方の顔や手じゃないもの」

とお香が言い切った。それを聞いた笹塚孫一はこっくり頷くと立ち上がり、

「お香さん、また伺いますよ」

と出入りの商人の体で挨拶《あいさつ》すると、三十間堀川の木挽河岸に出た。

笹塚孫一は奉行所に帰ると、吟味方、三廻《さんまわ》りなど捕物に実際関わる同心を集めて、

「万両の親方」

になにか覚えはないか問い質した。

「笹塚様、万両の親分でございますね」

「親分ではない、親方だ」

笹塚孫一は事情をざっと話し、万両の鉢をお香にくれた大旦那の年格好に風采、

衣服持ち物などを告げた。

「こやつが麴屋の一味の頭と申されるので。それにしても木挽町界隈の大店の主とは、なんだか結びつきませんね」

と定廻り同心の一人が首を捻《ひね》った。

笹塚は同心歌垣彦兵衛を内藤新宿に出張《でば》らせて、このことを内藤新宿でも探らせた。

だが、万両の鉢の旦那も万両の親方と呼ばれる男も、木挽町界隈でも内藤新宿でも浮かび上がらなかった。

半月、ひと月と時が経過した。

笹塚孫一はお香のだんご屋の見張りを続けさせた。

奉行所内には、賊一味の手下一人が三度馴染んだだけの食売にいつまでも関わっているものかという同僚も出始めていた。だが、笹塚の気持ちは揺るがなかった。

その日、朝から底冷えのする日で、どんよりと曇った空からはちらちらと白いものが舞い始めた。

この冬、江戸に降る初雪だった。

「わーい、雪だぞ」

喜んだのは子供と犬だけだ。

笹塚孫一は商人の形に変えて三十間堀川の木挽河岸に立ち寄った。するとお香のだんご屋は表戸が閉められ、万両の鉢に白いものが積もり始めていた。

お香は三十間堀川を渡った松村町の裏長屋に住まいしていた。その長屋の手配をしたのも笹塚ゆえ、承知していた。

万両に降り積もる雪景色にもう一度目をやった笹塚はお香の長屋を訪ねてみた。

寒いせいもあって腰高障子がきっちりと閉じられていた。

「お香さん、おられますか」

小商人の体で障子越しに声をかけた。

「お役人」

お香のほうは笹塚をお役人と呼び続けていた。

「店を訪ねたら暖簾が仕舞われていたんでね、なにかあったかと思って来てみたんだ」

「この寒さに風邪《かぜ》を引いたんですよ」

「そいつはいけないね」

た。

「二、三日休めば元気になりますよ」

「なら、またその折り、店を訪ねましょうかね。戸口に常盤屋《ときわや》のおこわをおいておきますよ」

笹塚は戸口に手土産《てみやげ》の竹皮包みを置いて、木戸口へと向かった。すると戸が開く音がして、顔を覗《のぞ》かせたお香が包みを手で差し上げ、笹塚にそれを振ってみせた。

四

奉行所に戻ると、咎人の罪状の情状、断罪の擬律《ぎりつ》を照らす役目の例繰方《れいくりかた》の逸見《いつみ》五郎蔵《ごろぞう》が笹塚を待っていた。職掌柄、先例に則《のっと》り、御仕置裁許帳《おしおきさいきょちょう》に首を突っ込んでいる時間が長いせいで、過去の犯罪には滅法詳しかった。南町の生き字引と呼ばれる所以《ゆえん》だ。

「笹塚様、万両の親方をお探しだそうで」

瘦身《そうしん》の、頭に白いものが目立ち始めた逸見が訊いた。

「逸見、心当たりがあるか」

「記憶を頼りに書き付けをひっくり返しましたところ、出て参りました」

「でかしたな」

「それが、咎人ではございません」

「咎人ではない。なんだ、そやつ」

「武州《ぶしゅう》多摩郡《ごおり》布田村に住まいする大次郎《だいじろう》と申す者、布田五宿、高井戸宿にかけて貧しき住人などに金銭を与えるなど日頃から徳行篤志を積みしゅえ、町奉行所にてお褒《ほ》めの言葉をという、名主からの上申書に、万両の大次郎親方の名が出て参りますので」

「その者いくつに相成る」

「今から五、六年前のことで、上申書の差し出された歳が三十五にございますれば、ただ今は四十前後かと思います」

「町奉行所ではこの者に恩賞を授けたか」

「いえ、当人が、お上よりお褒めの言葉を授かるほどの行いをした覚えはないと固辞せしとかで、上申書は放置されております」

「なぜ万両などという二つ名を持つな」

「大次郎の家系は、代々植木職でございまして、大次郎は万両栽培が格別に得意とか。当人も万両の名が気に入った様子で、万両と呼ばれるのを許してきたようです」

「植木職の頭であったか」

「大次郎には今一つの顔がございます」

笹塚が顎を振って催促した。

「多摩郡界隈は郷士《ごうし》多く、百姓も木刀を振るって稽古《けいこ》に励む気風ありて、任俠《にんきょう》の土地柄でもございますそうな。この万両の大次郎、天然神道流《てんねんしんどう》とか申す田舎《いなか》剣法の流祖内藤頼母《ないとうたのも》の弟子と申します。体格も力もあり、なかなかの腕前だそうです。押し出しもいい、腕もいい、銭金を惜しまない、女子供に優しいというので、あの界隈では、万両の親方は、職人の腕は別にして武州一の任俠だと申す者もいるほどです」

ふうむ
と笹塚孫一は唸った。

麴屋の一件を鮮やかに指揮した貫禄と手際は大次郎の気風と似てなくもない、と思っていた。だが、土地で評判の植木職の親方にして任俠篤実の男が賊に変身するものであろうか。

「笹塚様、考えを申してようございますか」

「申せ」

「多摩郡布田村の大次郎と万両の親方なる賊、別人物ではございませぬか」

「偶然と申すか。そこがなんとものう」

笹塚は迷っていた。しばし考えた後、

「逸見、歌垣を呼んでくれぬか」

「念には念を入れられますか」

「そなたの探り出した万両じゃぞ、そうあっさりと捨てるわけにもいくまい」

笹塚孫一は臨時廻り同心歌垣彦兵衛を呼ぶと、

「布田宿まで飛べ」

と万両の大次郎の身辺探索の手順を事細かに指示し、最後に、

「これまでの関わりもある。内藤新宿の駕籠屋の紋蔵を連れていけ」

とも命じた。

その夜から笹塚孫一自ら、三十間堀川木挽河岸のだんご屋を見張る同心らに加わった。

お香は内藤新宿の食売の姐《ねえ》さんに教わったという、今や名物の串だんごの仕込みを、暖簾を下げた夕暮れから始める。

毎日の作業は一刻（二時間）から一刻半（三時間）で終わった。

だが、三日に一度、餡《あん》を煮る日の作業は夜明しになることもあった。

串だんごは餡が命だ。

お香は丁寧《ていねい》に小豆《あずき》を煮て、擦り潰し、練り込んで、口に入れたときの滑らかな感触とふんわりとした甘さを引き出した。

歌垣彦兵衛を布田村に派遣して三日目、お香は夜を徹して餡を作る作業にかかった。

笹塚は蠟燭屋の二階から眺め下ろしていた。

障子の向こうではお香の影がせっせと、休むことなく動き続けていた。

笹塚は、お香が餡を練る度に薄皮が剝《む》けるようにどこかぼおっとした食売上がりから江戸の女に変わっていくと考えながら影を見ていた。

障子の隙間《すきま》から小豆を蒸す湯気が薄く洩れてきて、常夜灯の灯りを白く浮かび上がらせた。

人の往来も絶えた四つ（午後十時）過ぎ時分から雪が舞い始めた。見る見る通りに降り積もり、江戸の町を白一色に染めた。

寒く厳しい夜だった。

笹塚孫一が険しい顔で出張っているのだ。同心たちは無言の裡にも緊張して時が過ぎるのを待ち続けた。

見張り所に灯りはなく、小さな手あぶりがあるばかりだ。

九つの時鐘が響いてきた。

餡作りは未だ続いていた。お香はこの夜、糯米《もちごめ》を蒸籠《せいろ》で蒸し、牡丹餅《ぼたもち》を拵《こしら》えようと考えていた。串だんごだけでは客は限られる、評判のよい餡で牡丹餅を作ったらと考えたのだ。

時がゆるゆると流れていった。

三十間堀川に櫓《ろ》の音が響いてきた。

どこかで飼い犬が遠吠《とおぼ》えをした。

笹塚は寒さに強張《こわば》った体を捻って木挽河岸を眺めた。

三度笠に道中合羽の大きな影が河岸道に上がってきた。

霏々《ひひ》と降る雪を眺め、辺りを見回した。

「来やがったぜ」

見張り所に緊張が走った。だが、その渡世人は灯《とも》りの点ったたんご屋の前を素通りして消えた。

「違いましたな」

同心の一人が言い、無言の笹塚にじろりと睨まれた。降り積もった雪の上に刻まれた草鞋の跡が雪に消えようとした刻限、だんご屋の路地に黒い影が動いた。

「やつじゃ、逃がすでない」

笹塚の決然とした声が見張り所に響き、捕方《とりかた》が無言で頷くと静かに飛び出していった。

笹塚は飲み残した茶を啜《すす》ると悠然と立ち上がり、刀を手にした。

笹塚孫一が三寸ほど雪の積もった通りを横切ると、だんご屋の灯りが揺れ、お香の悲鳴が上がった。

「だれです」

恐怖に塗《まみ》れた声だった。その直後、裏口から、どどっと同心らが押し込み、

「万両の大次郎だな。詮議《せんぎ》いたしたきことこれあり、神妙にいたせ！」

という怒鳴り声が上がり、一瞬、障子の影が揺れて一つに重なった。

笹塚が狭い路地を伝い、裏口から入ると、釜場《かまば》で道中合羽に三度笠の渡世人とお香が睨み合い、それを同心ら数人が囲んでいた。

笹塚が入ってきた気配に大次郎がちらりと見た。

「布田村の大次郎だな」

「へえっ」

「そなた、植木職の頭にして温厚篤実孝心の者と聞く。なぜお香のだんご屋にかような刻限に押し込む真似《まね》をいたしたな」

「旦那は」

「南町与力笹塚孫一である」

「旦那が、近頃切れ者与力と評判のお方ですか」

どこか観念した表情で大次郎が言い、体を包み込むようにしていた道中合羽をさらりと開いた。すると手に匕首が握られているのが見えた。

同心らに再び緊張が走った。

「その匕首で新助の胸を抉《えぐ》ったか」

大次郎は匕首の柄を同心に向けて差し出しながら、

「新助ってだれです」

と笹塚に問い直した。

「知らぬか」

「存じませんや」

同心が匕首を摑み取った。だが、天然神道流の遣い手大次郎の腰にはまだ長脇《ながわき》差《ざし》があった。

「ならばなにゆえ、お香の店に深夜押し入る真似をいたした」

「いつでしたか、小梅村で変わった万両の鉢を見付け、買い求めましたんで。舟で木挽橋に上がり、ふと見るとだんご屋の暖簾が目に入りました。これでも甘いものには目がないんで。それでこの店でお香さんの串だんごを食し、つい万両の鉢をお香さんに差し上げたことがございました」

「あっ」

とお香が声を上げ、

「あのときの旦那で」

と問い返した。

「お香さんには迷惑かもしれないが、一目惚れってやつだ。今宵、押し入ったのは、なんとかよい返事をと思いましてな」

「お香に惚れたから匕首を構えて押し入ったとぬかすか。ふざけるな」

「だから、お香さんが色よい返事をくれぬときはお香さんを刺し殺し、わっしも死のうという覚悟でございました」

大次郎はぬけぬけと言った。

「ですが、南の笹塚様の網に引っかかったとあっちゃどうにもならねえや」

大次郎は長脇差の鞘元《さやもと》を握り、腰から抜くと、匕首同様神妙にも差し出した。

「万両の大次郎、その言い訳がいつまで保《も》つか、おれと根競べが始まるぞ」

笹塚孫一が同心らに顎で捕縄をかけよと命じ、大次郎は素直に両手を差し出した。

同心らが大次郎を引っ立て、だんご屋には笹塚孫一とお香が残された。

「お香、あやつをどう思う」

「新さんを殺した男ですか」

「間違いあるまい」

「あたいを殺しに来たのですか」

「たれがあのような言い訳を信じる」

「ですよね」

とお香は苦笑いした。

「あいつは用心深い男だ。おまえの口を封じなければ内藤新宿の仕事の意味がなくなる。麴屋にあった何千両もの大金、ほとぼりが冷めるまで一文も手を付けずに寝かせておく算段だからな」

「でも、新さんは五十両もの大金、仕事前に持ってましたよ」

「大次郎の慎重なところだ。分け前の一部を仕事前に支払い、盗んだ大金は何年か闇に寝かせておくつもりなのだ。植木職の親方なら、一味に五十両ずつほどの仕度金を用意するくらいはできたであろうよ」

「新さんは何年か後にまた大金を手にするところだったんですか」

「そのはずだ。だが、新助は大次郎の命に逆らい、内藤新宿に戻っておまえを身請けした。そんな危ない橋を渡る手下を生かしておいては、大次郎ばかりか一味が危ない。そこで新助を殺し、おまえを狙《ねら》った、とおれは見ている」

お香は黙って餡塗れの手を見た。

「あの人、あたいを殺そうと思えば、お役人が飛び込んでくる前にできましたよ。だけど、殺さなかった」

「なぜだ」

「お役人の推測がまったく間違っていたら」

「と思うか」

お香と笹塚孫一は睨み合い、

「すぐに分かる」

と言って笹塚は路地から表へと出ていった。

万両の鉢に雪が綿帽子になって降り積もっていた。

「ふうっ」

と笹塚は息を吐くと、雪道を南町奉行所に歩いていった。


「……おれは奴に負けた」

笹塚孫一は三宅島から届いた島抜けの告知書を掌《てのひら》で握り潰した。

南町奉行所での万両の大次郎と笹塚孫一との、

「対決」

は十数日に及んだ。

大次郎は、内藤新宿の麴屋への押し込みなど一切関わりはないし、新助なる者にも面識はない。ゆえに殺した覚えはない。またお香の店に深夜忍び込んだのは

お香に、

「一目惚れし、懸想」

した結果、自分でも不可解な行動を取ってしまったと言い通した。

奉行所内では万両の大次郎について意見が分かれた。

一つは布田宿で人望を買われた職人の親方である。また温厚篤実にして孝心に厚い人物が押し込みなどするわけもなく、

「万両」

は偶然の一致にすぎないという意見であった。

もう一つは、お香に懸想したなど言い訳も甚《はなは》だしい。当然、口を封じるために押し込んだに相違ない。かくなるうえは体に訊く、

「牢問《ろうど》い」

を行うべきだという意見がぶつかった。

笹塚孫一はなんとしても尋問にて大次郎の口を開きたかった。だが、押し込まれた麴屋のただ一人の目撃者、善造は首吊り自殺していた。また一味の一人と目される新助は口を封じられていた。

大次郎に問われるのは、深夜だんご屋に押し入った罪だけだ。

笹塚は最後まで、拷問《ごうもん》、牢問いでの調べを許さなかった。だが、奉行所内の拷問強行派の意見に負けてそれを許した。三日間、大次郎は笞《むち》で打たれ、石を抱かされ、手足を縛られて海老責《えびぜ》めに遭った。だが、頑強に顔を横に振り通した。

この間、笹塚は小伝馬町《こでんまちょう》牢屋敷の拷問蔵に近付かなかった。

四日目の夜明け、笹塚は一人小伝馬町を訪ねた。

ざんばら髪に全身傷だらけの大次郎が人の気配に顔を上げた。片目が潰れかけていたが、笹塚を認めて、

「旦那、わっしはなにもしていませんぜ。なぜこんなことを」

と言った。

「なんの証拠《あかし》もないし、手がかりもない」

笹塚は正直に答え、

「だが、おまえには後ろ暗いなにかがある。隠し通している秘密がある。これは捕物に長年携わってきたおれの勘だ」

「うっふっふ」

と低い声で含み笑いをした大次郎が、

「笹塚の旦那、人間だれしも口にはできない秘密の一つや二つございますよ。そ

いつを吐くことが世のため、人のためになるのかどうか、わっしには分かりませんや」

笹塚は奉行牧野成賢と下相談した結果、

「お香への殺人未遂と賭博常習」

の罪を以《もっ》て大次郎を三宅島への遠島《えんとう》で決着を付けることにした。

布田宿界隈から出された嘆願書を考慮してのことでもあった。

春を待って大次郎は万年橋の柾木《まさき》稲荷の船着場から流人《るにん》船に乗せられた。

笹塚孫一は探索の多忙に追われて見送りに行けず、代わりに同心の歌垣彦兵衛を行かせた。

後に歌垣の報告によると、

「流人船の見送りにお香が来ておりました」

「お香がのう」

笹塚は異な感じを持った。

「お香と話したか」

「はい」

と頷いた歌垣は、

「お香、おまえはあやつに殺されかけたのだぞ、そんな野郎をなぜ見送りに来た」

と遠ざかる流人船を見送るお香の背に問いかけたという。

くるり

と振り向いたお香の両眼に涙があった。

「お役人、笹塚様に申し伝えてくださいな。万両の大次郎親方は確かにあたいの口封じに来たのかもしれません。だけど、幾度となく刺し殺す機会があったにも拘《かかわ》らず、匕首を使うことを躊躇《ためら》われた。経緯はどうであれ、あたいの命を救ってくれたのは、殺しに来た当の親方なんです。あたい、恩を感じてます。だから、見送りに来たんですとね」

「なんぞ渡しておったな」

「着替えと牡丹餅と串だんごを届けたんです」

「大次郎はなんぞ言うたか」

「もはやお香さんに会う機会などあるまいが、どこの世からでもおめえさんの息災を念じてますぜ、って」

あれが明和九年陰暦三月二日のことであった。

女心とは不思議なものだ。

お香は、身請けしてくれた新助を殺した大次郎に恩義を感じているという。

笹塚は握り潰した手配書を今一度広げた。

「島抜け告知書
武州多摩郡布田村生まれ通称万両の大次郎を首謀者とする十三人の島抜けが発生し、二隻の船を強奪し、江戸に向かうものと推測致し候……」

笹塚は、浦賀奉行所からの手配書を懐に突っ込むと外出の仕度をした。

第二章　安永六年の島抜け

一

笹塚孫一が訪ねた先は三十間堀川の木挽橋際、お香のだんご屋だった。

ここ数年、御用繁多もあってお香の店に久しく足を運ぶことがなかった笹塚だった。

「おおっ！」

驚きの声を上げた笹塚の目には、間口一間半の小店が、間口三間半奥行き五間の中店に変じているのが映った。

師走《しわす》の穏やかな陽射《ひざ》しが店の内外に散っていた。風もなく過ごし易い日和《ひより》だった。

店の角地に一尺四方の土盛りがされ、鉢から植え替えられた万両が高さ二尺ほどに育って赤い実を付けていた。

「甘味処まんりょう　名物串だんご　牡丹餅」

と幟《のぼり》が風にはためき、店前に出した縁台に女客が大勢座って串だんごを頬張《ほおば》り、茶を喫していた。

「七年も経《た》たないうちに大化けだ。これだから女は怖い」

笹塚は呟くと店の中を窺《うかが》った。

「笹塚の旦那」

すっかり渋皮の剝けた様子の女が飛び出してきて、羽織の袖《そで》を引っ張った。小紋を粋《いき》に着こなしたお香はたおやかにも肉をつけ、全体が艶《つや》っぽい円みを帯びた江戸の女に変わっていた。その様子からは自信と貫禄さえ窺えた。

「お香か」

「お香かじゃありませんよ。まんりょうの店の生みの親は笹塚孫一様ですよ。それがとんとご無沙汰《ぶさた》、冷たいじゃありませんか」

務めが多忙であったと口の中で呟くように答えた笹塚が、

「お香、大した腕前だな。いい旦那でも見付けたか」

「見付けましたよ。だけど、笹塚様がお考えになっているような旦那ではございませんよ」

と言うと、

「おまえさん！」

と店の奥に呼びかけた。すると捩《ねじ》り鉢巻に襷《たすき》がけの職人風の男が姿を見せた。

「旦那、亭主の鯉吉《こいきち》です。私も今じゃあ二人の子持ちです」

鯉吉が鉢巻を取ると、

ぺこり

と頭を下げた。冬だというのに額の玉の汗は釜場で働いていたことを示していた。

笹塚は二人の顔を交互に見て、

「そなたが所帯を持ったことも、まんりょうと店の名が付いたことも知らなかったぞ」

とぼそりと呟き、この六年余りの歳月の重みを感じた。

「所帯を持つとき、笹塚様にお知らせしようかどうか迷いましたが、御用繁多を読売などで承知していましたから、よしましたのさ」

とお香が説明した。

「それにしても、いい亭主と巡り合うたようだな」

「四年半も前、室町のさる甘味屋に職人として務めていた鯉吉さんがうちの串だんごを食べに来てくれて、それが縁で付き合いが始まり、半年後には鯉吉さんが店を辞めてうちに来てくれたんですよ。鯉吉さんと一緒になって半年、この角店が売りに出たのを、鯉吉さんが甘味屋で働いた十六年分の給金と私の溜めた金子を合わせて思い切って手に入れたんです。今じゃ、お香も小さいながら一国一城の主《あるじ》ですよ。褒めてくださいな、笹塚の旦那」

お香が胸を張った。

「お香、よう頑張ったな」

笹塚孫一は心から言葉をかけた。

「笹塚様にお褒めいただいて、お香はようやく一人前の江戸の女になることができた気がしますよ」

と言ってお香は、黄八丈《きはちじょう》に赤い襷がけの小女《こおんな》に命じて笹塚の席を店の中に設《しつら》えさせた。

「おまえさん、笹塚様に串だんごとさ、おまえさん自慢の牡丹餅を食べてもらってよ」

「あいよ」

と鯉吉が奥へと駆け込んだ。

「子供はいくつだ」

「三つと二つの年子です。鯉吉さんのおっ母さんが日中は面倒を見てくれていま
す」

「幸せだな、お香」

「はい」

お香は笹塚孫一の目をしっかりと見て答えた。

「よかった、よかったな」

「旦那、奥へ」

と誘ったお香がふと思い付いたように、

「なにか御用だったのでは」

と尋ねた。

「お香、幸せになったそなたに不快な思いはさせたくない。だが、御用だ」

お香が笹塚孫一を凝視し、

「万両の親方のことですね」

「そうだ」

「悪い話ですか」

「十二人の徒党を募り、頭分になって島抜けしおった」

お香は、ぶるっ、と身震いして、

「ほんとにそんなことを」

「三宅島の島役人から浦賀奉行所を経て手配書が届いた。間違いない」

店の奥では鯉吉が盆に牡丹餅を載せて席に自ら運んできて、未だ店前で真剣に話し合う二人を眺めた。

「江戸に舞い戻ってきますか」

「お香、おれは未だ万両の大次郎が内藤新宿の麹屋の押し込みを働いたと思っておる。あいつを攻め落としきれなかったのはおれの腕の悪さだ。大次郎は内藤新宿界隈のどこかに、麹屋の金蔵から盗み出した何千両もの大金を隠している」

「それを取り戻しに来るというので」

「新助は殺されたが、あのとき助けた手下《てか》も集まる筈《はず》だ。それがこの七年近く、考え続けた答えだ。島抜けの報を得て、おれの考えが正しいと確信した」

「やがて七年か」

お香が呟いた。

「お香、亭主はこのことを承知か」

「鯉吉さんには私が内藤新宿の食売《めしもり》だったこともすべて話した上で一緒になりました。事情を知った鯉吉さんが、店の名を万両にしたらと言い出したんです」

「そなたも賢明だが、鯉吉も立派だ」

二人は思わず高さ二尺ほどの万両の木に輝く赤い実を見た。

「私は、なら漢字よりひらがなのほうが優しかろうと、甘味処の名をまんりょうにしました。それもこれも笹塚様にお膳立てしてもらったお蔭《かげ》ですよ」

笹塚は、お香の言葉がはきはきしていることに気付いた。また呼名をあたいから私と変えていた。

「そう言われるとこそばゆい。おれにはそなたを餌《えさ》に大次郎を釣り出す狙いがあったのだからな」

「御用ですもの、致し方ございませんよ」

と答えたお香が、

「旦那、私が万両の親方の島送りを見送ったのは承知ですね」

「歌垣から聞いた」

「親方は、一目見た私に懸想したと奉行所で言い通したそうですが、嘘っぱちですよ。それは私が一番よく分かってました。だけど、親方はあのとき、私の口を封じようと思えばいくらでも機会はあったんです」

笹塚は頷いた。

「そなたは命の恩人と思って見送りに行き、着替えと串だんごやらを持たせたそうだな。そのとき、あやつは殊勝にも、もう二度とそなたに会えないが、どこの世からでもそなたの息災を念じていると言い残したそうだな」

「この万両は親方の身代わり、いつも私の働きを見てもらえるように、店の看板代わりに植え替えたんです」

「その気持ちをあやつは踏みにじった」

お香が頷いた。

「歌垣の旦那に伝えなかったことがございます」

「ほう、なんだ」

「親方は、麹屋に押し込みなんぞはしちゃいないが、麹屋ではその騒ぎによって火事が起こり、主ら三人が焼死したそうな。これもなにかの縁だ、七回忌には必ずお参りに行くぜと最後に言ったんです」

「万両の大次郎は、そのことをおれに伝えるなと口止めしたか」

「いえ、私がこの言葉を笹塚様に伝えるのは命の恩人を裏切るような気がして、歌垣の旦那に言わなかったんです」

「お香、七回忌にお参りに行くとはどういうことだと思う。あやつは島送りの身だ。確かに三宅島は刑罰が軽い者が送られる島だ。だがな、島送りに刑期はない。六年内に江戸に戻れるとは限らぬ」

お香はしばし考えた後、

「笹塚様、私には分かりませんよ。こればかりは旦那が判断なさることでございますよ」

と言うと、

「ささっ、鯉吉さんが作った牡丹餅を賞味してください」

と店の中へ誘《いざな》った。

奉行所に戻ると、三宅島を監督する浦賀奉行所から新しい報告が届いていた。万両の大次郎に指揮された総勢十三人が島を抜けた直後、海が荒れたという。

島抜けは、神津島《こうづしま》、式根島《しきねじま》、新島《にいじま》、利島《としま》と、島伝いに伊豆半島の下田海岸を目指すのが最短で一番安全な航路だった。だが、風の具合でそれよりもかなり西へと流された可能性が高いという報告だった。

しばし御用部屋で沈思した笹塚は近くにいた同心の一人に、

「お奉行は城下がりしておられるか」

と訊いた。

この師走、南町奉行所は非番月だった。だが、非番月であろうとなかろうと町奉行は登城する慣わしがあった。

「戻っておられます」

「よし」

と答えた笹塚は奉行の控える奥へと向かった。廊下に座した笹塚は、障子を立て切って書き物でもする気配の牧野成賢に声をかけた。

「お奉行、ちと相談がございます」

「笹塚か、入れ」

笹塚が座したまま障子を引き開けると、牧野が文机《ふづくえ》から体を向け直すところだった。

「お耳に達しておりましたか」

笹塚は廊下から畳座敷に上がると障子を閉めた。

「笹塚、どうやらそなたの考えが当たっておったな」

頷いた笹塚は、

「六年前、攻め落とせなかったのはそれがしの腕の甘さにございます」

と前置きして、お香と会って話し合ったことを牧野に告げた。

話を聞き終えた牧野はしばし虚空に視線をさ迷わせ、六年前の騒動を追憶するような表情を見せた。

笹塚は黙って牧野が口を開くのを待った。

「あやつ、麴屋から盗んだ金子を取り戻しに江戸に現れるであろうな」

「はっ、まず間違いないところで」

「その時期はいつになるな」

「島抜けしたのがおよそ二十日前、荒れた海に西へ流されたと申しますから、駿河《するが》か遠州《えんしゅう》の海岸に漂着して、江戸に向かうとしても、もうしばらく日にちがかかろうと思います」


「島抜けの一件か」

「あやつ、海の藻屑《もくず》と消えたとは思わぬか」

「大次郎は慎重な男です。少々の荒海くらい乗りこなす技を覚えて船を海に押し出したと思えます。いや、わざわざ荒れた海の日を選んで島抜けを決行したのかもしれません」

牧野が頷いた。

「そなた、金子の隠し場所は内藤新宿と申しておったな」

「はい。新助の行状は、仕事を前に食売に入れ上げる新助の行動を不安に思い、一味を解散させた後も密《ひそ》かに見張っていたから判明したことでございましょう。慎重の上にも慎重を期するのが万両の大次郎です。一味には金子の隠し場所は教えてないはずでございます」

「内藤新宿と言うても狭いようで広い」

牧野は網を張るには漠然としていると言っていた。

「お奉行、島送りになる大次郎を見送ったただ一人の人物がお香です。大次郎め、お香の様子を窺いに来るのではありませぬか」

牧野が視線を笹塚に送った。

「万両の育ち具合を見に来るか。だが、あやつのことだ。そなたがそのことを見逃さぬことも承知だぞ」

　笹塚は頷いた。

「お奉行、見張り所を設けてようございますか」

「探索のやり方は、日頃からそなたに任せておると思うたがのう」

「恐縮にございます」

「笹塚、お香の暮らしを踏みにじるような真似をあやつにさせてはならぬ。また、麴屋から強奪した金子を決して一味の手にさせてはならぬ」

「畏《かしこ》まりました」

「人の気持ちというものは不思議なものよのう」

「はあ」

　笹塚は牧野の嘆息の意味が摑めず、顔を窺った。

「そなたの話を聞いて気付かされたことよ。万両の大次郎は必ずお香の様子を窺いに来る、それも師走のうちにな」

　笹塚孫一は牧野成賢の言葉に首肯《しゅこう》した。

　笹塚はその日のうちに、鯉吉とお香が営む甘味処まんりょうを監視する見張り所を六年前と同じ蠟燭屋の二階に設け、さらに三十間堀川の店から少し離れた川面に苫舟《とまぶね》を浮かべて船中にも何人か手下を配した。

手配が終わった次の日の昼下がり、笹塚孫一は継裃《つぎかみしも》、平袴《ひらばかま》の与力の格好を捨て、着古した袷《あわせ》一枚のうらぶれた形《なり》に破れた菅笠《すげがさ》を被り、町に出た。

ふらり

と見廻ったのはお香の店の内外だ。

お香はきびきびと客の応対に余念がなさそうに見えた。

笹塚が三十間堀の五丁目と四丁目の河岸道《かしみち》に立ったとき、これも同心の形を変え、腰には大小もなく汚れ手拭いで頬被《ほおかぶ》りをし、継ぎ接《は》ぎだらけのぼろを着た木下一郎太《きのしたいちろうた》が走り寄ってきた。

南町定廻り同心木下一郎太は苫舟に待機する一人だった。

だれがどう見ても二人は日傭《ひようと》取り仲間で、仕事の情報でも交換している風情《ふぜい》にしか見えなかったろう。

「笹塚様、なんぞ新しき指図にございますか」

「いや、なんとのう、そなたらの手配りを確かめに来ただけだ」

「万両の大次郎なる者が江戸に姿を見せるのは、いつだとお思いですか」

一郎太は六年前の麴屋の一件を直接知らなかった。そのとき、父が健在だったし、まだ見習い同心の一人にすぎなかったからだ。それだけに、「万両の親方」がどのような人物か、把握できないでいた。

「七日か、十日の後には姿を見せよう」

二人は河岸道をそぞろ歩きながら話を続けた。

「大次郎は布田宿界隈では任侠の親方として知られていたそうな。また、島送りに際しては、奉行所には助命の嘆願書も数多《あまた》寄せられたと聞いております。万々、まんりょうの女将に危害を加えるということはございますまいな」

笹塚孫一は、その恐れはなかろうと思った。だが、一郎太には、

「人は境涯において変わるものよ。大次郎が生まれ在所でいかほどの徳を積んできたとは申せ、麴屋の一件の首謀者に変わりはないわ。島でどのような暮らしをしていたか、油断はならぬぞ」

と言い聞かせると、

「はっ」

と畏まった一郎太が頰被りの結び目を直し、笹塚のもとから、

すいっと離れた。

二

半刻（一時間）後、笹塚孫一の姿は遠く三十間堀川から離れた両国西広小路、米沢町の角にあった。

分銅《ふんどう》看板を掲げる大店《おおだな》が目の前にあった。江戸の両替商六百軒を束ねる両替屋行司《ぎょうじ》の今津屋《いまづや》だ。夕暮れ前のこと、店内は客で相変わらずごった返していた。

「浪人さん、なんか用事ですか」

小僧の宮松《みやまつ》が箒《ほうき》を手に笹塚に声をかけた。あまりにもみすぼらしい姿を怪しんでのことだ。

「この界隈を通りかかったで、老分《ろうぶん》どのに挨拶をと思うてな」

笹塚の手には竹皮包みが提げられていた。

今一度、甘味処まんりょうの前をと思って何気なく通り過ぎようとすると、お香が、

「浪人さん、ちょいと用が」

と店の路地から手を振って呼んだ。

笹塚が致し方なく近寄ると、

「お腹《なか》が空《す》いておられるのではございませんか。残り物で失礼ですが、包みますから裏口においでなさい」

と客に聞こえるように言い、路地奥へと笹塚を呼び込んだ。

「変装をしたつもりが、あっさりと見破られたか」

「いえ、昨日の今日ですよ。笹塚様がすぐにこの店を見張られるよう同心方にお指図なされたと考えておりましたから、通りを窺っていたんですよ」

「それで網にかかったか。大次郎が姿を見せるにはまだ数日の余裕があろうかとは思うが、あやつが相手だ、用心に越したことはないからな」

お香は店の釜場に姿を消すと、竹皮包みをぶら提げて再び現れた。

「串だんごと牡丹餅が入れてございます。奉行所でお食べくださいな」

「串だんごも美味いが、鯉吉の牡丹餅は大きさよし、餡の甘味よし、中の糯米《もちごめ》の蒸し具合よしと、絶品じゃからな」

先日、店に呼び込まれて食した感触がまだ笹塚の舌先に残っていた。

お香は、奉行所でと言ったが、笹塚はふと考えて今津屋を訪ねてきたところだ。

「浪人さん、おこもさんじゃないよね」

宮松は未だ警戒を解く気はないらしい。

「おこもか。この姿では致し方ないのう」

笹塚は宮松にそう答えると、つかつかと店内に入った。

「これ、浪人のおこもさん、まだお客様がいらっしゃるんだよ。ちょいとその形ではは遠慮してほしいな」

宮松が箒を手に追いかけてきた。

その様子を帳場格子《ごうし》から見ていた由蔵《よしぞう》が、

「これ、宮松、なんということを」

と注意しながら上がりかまちに出てきた。

「笹塚様、本日は扮装《ふんそう》にて町廻りですか」

「老分どのにも見抜かれたか」

「失礼ながら笹塚様、形は変えられても……」

「この短軀《たんく》と大頭は変えられぬというか」

「まあ、その」

と曖昧《あいまい》な返答をした由蔵が、

「手土産をご持参なされましたか」

と竹皮包みに目をやった。

「今、木挽橋際で評判の、串だんごと牡丹餅が入っておる。内儀どのの加減はどうかと持参いたした」

「お佐紀《さき》様はお元気でございますよ。旦那様もおられますので、笹塚様、奥にお通りくださいな」

「小僧におこもに間違われるこの形ではのう」

「御用です。なんのことがありましょうか」

と答えた由蔵が、

「これ、宮松、いつまで口をぽかんと開けて見ているのです。そなた、笹塚様を知らぬわけではあるまい」

「驚いた。大頭の与力様でしたか」

「これ、重ね重ね、なんという失礼なことを言うのです。そんなことより、三和《たた》土《き》廊下から笹塚様を奥へご案内なされ。私もすぐ参りますでな」

と宮松に命じた。

由蔵が奥に行ったとき、菅笠を脱いだ笹塚孫一が大頭の汗を手拭いで拭《ふ》いていた。

「老分さん、真冬だというのに笹塚様は汗をかいての御用ですよ」

お佐紀が癖になったか、腹を撫《な》でながら言う。

「おはつが茶を淹《い》れて参ります。皆でいただきましょうか」

「私も相伴を許されるので」

近頃では甘い物に目がない由蔵が嬉《うれ》しそうに応じた。

もはやすっかり今津屋の奉公に馴染んだふうのおはつが茶を運んできて、四人は茶を喫しながら串だんごと牡丹餅を食した。

「この牡丹餅の餡の細やかなこと、甘味と塩味の按配《あんばい》がなんともよくて美味い」

と吉右衛門《きちえもん》がまんりょうの品を褒め、

「ところで笹塚様、自ら凝った扮装でお見廻りとは、よほどの変事が起こりましたか」

吉右衛門が訊き、

「さよう。この甘味にからむことにござる」

「なんと、この甘いものと騒ぎに関わりがあるのですか」

と由蔵が口を挟んだ。

「万両の大次郎と申す武州無宿者が、三宅島から島抜けをしたのでござる。こやつにはそれがし、苦い思い出がござってな」

と差し障《さわ》りのないところで、内藤新宿の麴屋への押し込みから島抜けまでを語り聞かせた。

「なんと、知恵者の笹塚様を手古摺《てこず》らした悪党がおりましたか」

「老分さん、笹塚様には失礼ながら、その方、悪人なのですか」

由蔵の言葉にお佐紀が反応した。

「お佐紀、笹塚様の七年越しの執念におびき寄せられるように、大次郎は島抜けを企てたのです。この一事がすべてを物語っておりますよ」

吉右衛門が言い、お佐紀が、

「そのお香さんとやらに、なにごともないとよいのだけど」

「お奉行もそのことを案じておられる」

と笹塚孫一が答え、

「それにしても坂崎磐音《さかざきいわね》どのとおこんさんからは音沙汰なしでござるか」

「いえ、摂津《せっつ》から早飛脚がございましてな、さすがは博多の箱崎屋《はこざきや》の早船、若松湊《みなと》から瀬戸内を十日もかからず乗り切って安治川《あじがわ》河口に到着したという知らせがございました。その後、淀川《よどがわ》を京に向かう三十石船に乗り換えるとも書いてございましたが、それからの連絡が途絶えております。あれから十数日は過ぎておりますで、今日にも六郷《ろくごう》の渡しに到着するという知らせがないものかと、皆が首を長くしているところです」

と由蔵が答えた。

「さようか、いよいよ戻られるか」

「おや、笹塚様、長旅から戻られた坂崎様の手を借りようと算段しておられますか。ですが、今度ばかりは道中の疲れもございますので、ご遠慮くださいませ」

とお佐紀が、

ぴしゃり

と断った。

「お内儀、それがし、そのような積もりで申したのではござらぬぞ。この万両の大次郎ばかりはそれがしの手でお縄にし、六年前の仇を討ちとうござるでな」

と笹塚が意気込んだ。

「私の早とちりでございましたか。それは大変失礼なことを申し上げてしまいました」

「正直申すと坂崎どのの手を借り受けたいところじゃが、今度ばかりはなあ」

と笹塚孫一も本心をちらりと覗かせ、お佐紀が苦笑いした。

四人は心中それぞれの思いを胸に、磐音とおこんの帰府を待ち侘《わ》びていたのである。

「おまえ様、私はおこんさんの帰着までなんとか持ち堪《こた》えて子を産むことができますよ」

「おこんはそなたのお産にはなんとしても立ち会いたいと願うておりましたからな」

夫婦が言い合い、

「あとはお二人が元気な姿を見せられるだけですな」

と由蔵が嘆くように呟いた。

笹塚孫一が今津屋を辞去したのは七つ半（午後五時）前のことだ。

師走も十数日を残すばかりの江戸の町には、大山《おおやま》参りから帰着した一団が疲れきった顔と汚れた旅装束で足取りも重く歩いていた。

「あああ、明日っからまた親方のもとでよ、小言を聞きながら働くんだぜ」

「今輔《いますけ》、親方が許してくれるかねえ」

「もう仕事がねえってことか」

「ああ。長屋だって差配が空《あ》けてくれてるかどうか」

「そんときゃ、松《まつ》、今度はよ、お伊勢様に行けばいいさ」

「年の暮れに、野宿はつらいぜ」

若い二人が会話する声が聞こえてきた。

笹塚は、万両の大次郎が江戸に入るにはうってつけの年の瀬を選んだものだと考えながら、

「いや、あやつは年の瀬を承知で島抜けしたのかもしれぬ」

と思った。

くたびれた烏帽子《えぼし》、大紋《だいもん》の二人は三河万歳《みかわまんざい》のようだ。江戸の町はすでに新年にそなえて忙《せわ》しなかった。そんなことを漠然と考えながら南町奉行所の通用口を潜《くぐ》ると、木下一郎太が、

「笹塚様、御用部屋に客人です」

「客人だと」

笹塚は一郎太の顔を見返した。

「笹塚様のお姿はまるでおかげ参りの連中のようですね。臭《にお》いまで漂ってくるようです」

「うるさい。客とはたれじゃ」

「三宅島の島役人財所七郎兵衛《ざいしょしちろべえ》と申される方です」

「なにっ」

笹塚は草履《ぞうり》を脱ぎ捨てると内玄関から廊下に上がり、足音も荒く御用部屋に戻った。

「待たせたな」

笹塚孫一が声をかけると、居眠りしていた初老の島役人が、
はっ
と顔を上げ、笹塚の風体《ふうてい》に目を見開いた。

伊豆七島の流人を監督するのは浦賀奉行だ。財所もこの浦賀奉行所所属の島役人である。

「すまぬ、着替える暇がなかった。町廻りをしていたでかような格好じゃ、許せ」

「財所にございます」

皺《しわ》が刻まれた真っ黒な顔は、いかにも三宅島で南の陽光と潮風に長年焼かれてきたことを思わせた。またこたびの島抜け騒ぎで心労したとみえ、その様子も窺えた。

流人が犯す罪の中で最も許されないのが島抜け、島破り、破島と呼ばれるものだ。島抜けは流人ばかりか、島方にも影響を及ぼした。島役人をはじめ、名主、年寄、五人組にも処罰が下される重犯罪だ。

島抜けの成功は万に一つもないといわれていた。だが、島抜けは度々繰り返された。

大次郎の流された三宅島では明和二年（一七六五）から文久《ぶんきゅう》三年（一八六三）までのおよそ百年間に、島抜け三十五件が記録されている。

「万両の大次郎の島抜けで見えられたな」

「いかにもさようです」

笹塚はようやく膝に馴染んだ座布団に腰を落ち着け、腰に下げていた煙草入れから煙管を抜いた。

「大次郎には苦い思いをさせられてきた。島抜けの報を聞いて、こやつ、とうとう尻尾《しっぽ》を出したかと小躍りしたと申さば、そなたには腹も立とう。また町方としては、不謹慎は免《まぬが》れまい。だが、それがしの正直な気持ちじゃ」

困った顔の財所がそれでも頷いた。

「島抜けした者は十三人、頭分は万両の大次郎で間違いないな」

「ございません」

と応じた財所が、供されていた茶の残りを飲んで喉を潤した。

「笹塚様、島抜けした連中は二隻の船に分乗して海に乗り出しましたが、それから七日後に一隻が島の反対側の阿古《あこ》村の海岸に打ち寄せられ、大破しているのが島民によって発見されました。船には縄で船板に体を括《くく》りつけた二人の仏が乗っておりました」

笹塚は煙管に刻みを詰め、雁首《がんくび》を火鉢の火に差し出した。その間にも財所の口元から目を離さなかった。

「それから数日間、島の西海岸に四つの遺体が流れ着きました。上総《かずさ》無宿の寅五《とらご》郎《ろう》らでございます」

「万両の大次郎はその中に含まれてはおらぬのだな」

「はい。寅は万両の大次郎の腹心格でございましたが、決して互いを信用しきっていたわけではございませぬ。間違いなく大次郎はもう一隻の船に乗り組んでおると存じます」

笹塚は煙草を吸い、

ふうっ

と吐き出した。

「あやつは、少々荒れた海だからというて死ぬようなタマではないわ。生きておる」

「われら、島役人一同もそう考えております。潮の流れを承知した漁師らは、遠州の海岸に漂着していようと申しております」

笹塚は小さく頷くともう一服吸った。

「財所、あやつ、島で神妙な暮らしをしておったか。咎人《とがにん》の頭になるほどだ、腕っ節で手下を集めていたか」

財所はさらに茶を啜った。

「笹塚様に申し上げるのはなんでございますが、三宅島の流人のなかであれほど人望を集めた者はこれまでございませぬ。なにしろ体は大きい、剣術の腕前は島役人があっさりと打ち負かされるほど強い。その上、義侠心《ぎきょうしん》は厚く、礼儀も心得ております。ゆえに大次郎が三宅島に入って数か月後には、十数人の流人の手下を従え、まるで子分のごとく養うておりました。なにしろ、生まれ在所から廻船が来る度にかなりの財物が送り届けられます。大次郎の暮らしは島人より豊かでございまして、家を二軒持ち、島の娘を二人、女房と妾《めかけ》にして養うておりました」

「くそっ」

と笹塚は胸の中でつい罵《ののし》り声を上げた。

「万両の大次郎の本職は植木職とか。自分の家は島のたれよりも立派な庭を造ってございましてな、それは御殿と申してよいほどです。ただ一つ、大次郎の不満は、島の土壌のせいか、万両がうまく根付かぬと嘆いておるくらいでした。夕方になると妾に酌をさせながら、独り碁盤《ごばん》に向かい、烏鷺《うろ》の世界に悠然と遊んでおりました」

笹塚はその光景を脳裏にはっきりと思い描くことができた。

「あやつに島抜けをする理由はなさそうに思えるがのう」

「笹塚様、島役人のわれらでも、遠く江戸や浦賀の地を眺めては、望郷の心が募ります。いつ大赦があるやもしれぬ流人の頭には、常に島を抜けたいという願いがあるものです」

「あやつも望郷が募って島抜けを企てたと申すか」

「笹塚様、万両の大次郎は最初から島抜けをする気で、その機会を窺うていたのではございませぬか」

「その様子が見えたか」

「先ほど申しましたとおり、あやつは島に到着して数か月後には島じゅうを手中に収めていたと申しても過言ではございませぬ」

「金の力か」

「それもございますが、治水ですよ」

「治水とな」

思わぬことを聞くものだという顔で笹塚は財所を見た。

「島で一番足りないものは水にございます」

「であろうな」

「大次郎は三宅島別当《べっとう》ケ原《はら》と申すところに水場を見付け、そこに長さ八間幅四間深さ一間の大井戸を掘ったのでございます」

思わぬ報告に笹塚は答えに窮した。

三

「三宅島の硬い岩盤を掘り抜き、貴重な水道を見付けて井戸を掘るのは、大変な労力と時間がかかります。その後、伊豆村の海岸からかたちよき石を集めて井戸まで運び上げ、その石で四方の壁と底を築き、石灰をもって石と石の間を塗り固める。このような作業は万両の大次郎抜きには完成を見ませんでした。この大次郎井戸の完成で、三宅島は水に難儀することはなくなったのでございます」

「あやつ、植木職が本業ゆえ石の扱いには慣れておる。それに伏流水を見付けるわざも知っておろう」

「とにかく大次郎は、暴れ者、変わり者の流人を手足のごとくに使いこなし、やり遂げた。井戸を掘り上げたあとには三宅島五ヶ村の流人を集め、島の娘を加えて芝居一座を作り、祭りの折りなどに上演したりしておりました」

「島には田舎芝居も参るまい。大いにうけたであろうな」

「うけたどころではございません。どこの村へ行っても満員盛況でしてな、われら島役人まで万両の大次郎一座の芝居を楽しみにしていたものです」

「楽しみがない島で芝居が見られるのじゃ、島民は待ち焦がれたであろう。それにしても素人《しろうと》芝居がのう」

「笹塚様、そうは申されますが、大次郎の段取りの手際のよさ、芝居の台本を拵え、役を決め、口立《くちだ》て稽古に入れば的確なる注文を入れ、自らは花形役者を演じるのでございます。最近では回り舞台もある本仕掛けの興行でしてな」

「流人ながら人望を集めた理由は分からぬではない。水に芝居か」

「この入費も、大次郎が自分賄《まかな》いで作り上げたのです」

「ふうむ」

笹塚は大次郎の義侠心に感心して思わず唸った。

「こたびは、大々的な大芝居を打つということで、流人ばかりか島人総出、われら島役人も駆り出されました」

「島じゅう総出、なにを演じるというのだ」

「源平船合戦、壇《だん》ノ浦《うら》の巻でございました」

「それはまた戦国絵巻じゃな」

「西方平家の総大将の平知盛《たいらのとももり》は島役人の頭、水田吉五郎《みずたきちごろう》様が、東方源氏の総大将の源義経は万両の大次郎自ら演じ、伊豆村の浜から水辺に舞台を拵えました。若い妾のおきちも、清盛の妻二位尼《にいのあま》役でございます。そして、壇ノ浦の船戦の光景を表すために、伊豆村の廻船の観音丸《かんのんまる》と漁師船を調達して、舞台左右に配置いたしました」

「………」

「船戦で双方の役者の衣装を手作りし、本物の大小を借り受けての大芝居で、島じゅうが興行の日に向かい熱中いたしました」

「大次郎はこの芝居を島抜けに利用したか」

「はい」

財所は苦々しく答えた。

「最後の総稽古の折り、海が少し荒れておりましたので島人は本祭りを楽しみにして休み、主なる役者たちだけが段取り稽古を重ねておりました。昼の刻限を過ぎた頃合いです」

「それでどうした」

「流人の何人かが役をめぐって口論になり、殴り合いに発展しそうな雰囲気にございました。われら島役人は、そちらを鎮めることに気をとられておりました。

その間に、大次郎とおきちを含む六人が観音丸に乗り込み、寅五郎らが別の漁師船に飛び乗って海に漕《こ》ぎ出したのでございます。追いかけようにも、浜の漁師船の櫓も竿《さお》も隠されておりました。われらの目の前で二隻の船は沖へと遠ざかり、波間に消えたのです」

そのときの光景を思い出したように財所は悔しそうに顔を歪《ゆが》めた。

ふうむ、と唸った笹塚は、

「あやつ、芝居をやり始めたときから島抜けに利用しようと考えておったか」

「われら、そのことを何度も話し合いました。おそらく大次郎は遠大な企てのもと、島人と島役人の信頼を得て、芝居興行を繰り返し、島役人、島人の油断を誘った。そして、ついに源平船合戦壇ノ浦の場でほんものの船を舞台脇に引き出し、その一方で追跡すべき漁師船の櫓や竿を隠した、これは明らかに何年がかりの企てにございます」

「そのために六年を奴は費やしたか」

島役人が頷いた。

麴屋から奪った千両箱をほとぼりが冷めるまで隠した大次郎は、再びそれを手にするためにこの六年の歳月を三宅島で過ごしていたのだと、笹塚は思った。布田宿から定期的に財物を送らせたのも、企ての一環だと思った。

笹塚はしばし沈黙した後、口を開いた。

「大次郎は町人ながら天然神道流を修行したというが、腕前はいかほどのものか、そなた、存じておるか」

「笹塚様、独り碁盤で遊ぶのに飽きた折り、木刀を手にゆったりとした動きで稽古をする姿を見かけました。ですが、そのゆったりとした動きの中に、あのような凄《すご》みのある技が隠されていようとは、われら、そのときまでまったく気付きませんでした」

「なんぞやりおったか」

「万両の大次郎が島に来て三年目の春でしたか、新たな流人が島に姿を見せました。その中に、品川宿のさる大名家の下屋敷を借り受けて賭場を常習的に開いていた鮫洲《さめず》の廉造《れんぞう》なるやくざの頭分がおりました。こやつ、三宅島に来る船中、大半の流人を手なずけて島に上がってきました」

　鮫洲の廉造は島の暮らしに馴染むまで神妙な態度であったが、暮らしが分かるとすぐに船中で一緒だった者らと徒党を組み、万両の大次郎一派と張り合うようになった。

島役人の一部には万両の大次郎が力を付けすぎていると危惧《きぐ》する者もいたから、対立勢力の鮫洲の廉造の勢力を歓迎する向きもあった。

この廉造、江戸相撲《ずもう》上がりとか。身丈は六尺三寸、体重四十貫を超える大男の力持ちだ。この廉造が夏祭りの最中に騒ぎを起こした。

「昼間から酒を飲み、島の娘を小屋に連れ込んで大騒ぎしておる」

との島人の知らせで財所らが鉄砲を手に駆け付けた。すると真っ赤な顔の廉造が褌《ふんどし》一丁で娘の手首を摑み、

「島役人か。酒を持ってこい、万両の妾を連れてこい。刀と鉄砲、船を用意しろ。うだうだぬかすと女どもを一人ずつ捻《ひね》り殺すぞ！」

と島抜けを仄《ほの》めかして喚《わめ》いた。

小屋の中からは、廉造の一味が女を手込めにしているような気配が島役人の耳にも伝わってきた。廉造の一味の者はどこで手に入れたか、手作りの刃物を見せびらかし女の首筋に当ててみたりした。

島人の一人が、

「うちのおやえを助けてくれ」

と叫び、島の男が、

「おみね、どうしておるぞ」

と叫んだりして騒ぎは益々大きくなりそうだった。

島役人は鉄砲の力を借りることを躊躇した。女たちに危害が加えられることを考慮したからだ。

「お役人、廉造が欲しがっている酒でもなんでも与えなされ」

と愛妾のおきちの手を引いて姿を見せた大次郎が言い出した。

「万両、それではわれらにお咎めが下るのは必定《ひつじょう》だぞ。手鎖《てぐさり》では済まぬ。切腹も命じられかねぬ」

「お役人、この場は、わっしに任せてくれませんか」

「取り静められると申すか」

「やってみます」

大次郎はいきなり裸になり、褌一丁になった。すると背中に赤い実を付けた万両の彫物《ほりもの》があるのが目に留まった。

「おきち、よいな」

妾の若い娘がこっくりと頷いた。

大次郎は妾を差し出す気なのだ。島役人たちはその決意に、この場を大次郎に任せることにして、酒と刀を用意させた。だが、さすがに鉄砲だけは差し出すことを躊躇《ためら》った。

大次郎も、

「鉄砲と船は最後まで残しておきましょう」

と得心した。

おきちに酒樽《さかだる》を提げさせた大次郎は、六、七本のなまくら刀を束にして小脇に抱えた。そして、おきちの手を引いた。

「廉造、おれだ。万両の大次郎、おれの女と酒をそちらに持っていく。大人しくしておれ」

「万両、てめえのでっけえ態度が気に入らねえや。てめえもおれも流人じゃねえか。てめえは金殿玉楼に妾を囲い、好き放題だ。おれっちは板の間さえ満足にねえ、小屋がけで牛並みの扱いだ」

「廉造、そいつは年季の差だ。島の暮らしに慣れればおめえもいろいろと知恵が付こう」

「うるさい。こんな島に長居はしたくねえ。島抜けするぜ」

「そいつは剣呑《けんのん》な。島役人衆に鉄砲で撃ち殺されるぞ」

「へん、この鮫洲の廉造様がやすやすと島役人なんぞに撃たれるものか」

「そうかな。島役人はなかなかの腕前だぞ」

大次郎はそう言いながら、ゆっくりと廉造に歩み寄った。

「鮫洲の、おれの女を出そう。島の娘さんを解き放ちねえな」

「ごたごたとよう喋る男だぜ。万両だか千両だか知らねえが、布田の植木職になにが分かる」

と刀を差し出せというように廉造が手をひらひらさせた。

「おいっ、小屋の中の衆よ、ほんものの酒を持参したぞ。こいつを飲んで気を鎮めねえな」

大次郎の声に、小屋から廉造の一味の五人が姿を見せた。どれもが凶暴な顔付きの連中だ。

「鮫洲の頭、すっぺえ酒は飲み飽きたぜ。酒と万両の女に乗り換えようぜ」

手下の一人がにたにたと笑い、おきちに近付こうとした。

「東八《とうはち》、そいつが万両の策だ。まず、刀を手に入れようぜ」

あいよ、と東八と呼ばれた手下が、柄《つか》を束ねて小脇に抱える刀を顎で指して、

「いいか、ゆっくりと小脇に抱えたままこっちに差し出すんだ。変なことを考え

ると親分があの娘をぶすりと一突きだぜ」

と言いながら慎重に両手を差し出した。

大次郎はおきちの手を離すと、

「しっかり受け取りな。刀も五、六本束になると重いからな」

と言いながらゆっくりと差し出した。

そのとき、大次郎は廉造の死角に入り込むように、刀を受け取ろうとした手下の前に位置を変えていた。

「ほれ、受け取れよ」

手下が刀の束を掴んだ。

その瞬間、大次郎のほうに一本だけ柄を向けて隠していた刀を掴むと、
するり
と抜き放ち、目の前の手下の胴を無言で撫で斬《ぎ》っていた。

「ぎええっ！」

と悲鳴を上げてきりきり舞いする手下を蹴《け》り倒した大次郎は、
するする
と一気に鮫洲の廉造に迫り、六尺三寸の大男の分厚い肉の肩を袈裟懸《けさが》けに深々

と斬り割った。

腰の入った斬撃《ざんげき》で棒立ちになった廉造は、山が崩れるように横倒しになった。

だが、大次郎の動きは止まらなかった。

残る手下たちに次々に襲いかかると、
あっ
と叫ぶ間もないほどの迅速さで斃《たお》していった。

旋風が吹き抜けたかのような素早さだった。

呆然《ぼうぜん》とする島役人の前に血刀を下げた大次郎が戻ってくると、血振りをした刀を差し出した。

財所はそのとき、大次郎の背の万両の実が息づいたような赤に染まっているのを見た。

「笹塚様、あやつの天然神道流はほんものでございます」

「その折り、大次郎が廉造ら一味に加担いたさば、島抜けができていたと思うか」

「はて」

としばし考えた財所が、

「あの男がその気になればできたでしょう」

「だが、そのときは島抜けに走らなかった」

笹塚はやはり、

「六年ほどの歳月が大次郎には入り用だったのだ」

と思った。


万両の大次郎生存と思しき知らせは、遠江《とおとうみ》舞坂《まいさか》宿の宿場役人から浜松藩の井上家にもたらされた。そして浜松藩から、五街道を監督する幕府勘定奉行公事方(道中奉行兼帯)石谷備後守清昌《いしがやびんごのかみきよまさ》に知らせが入り、石谷から南北町奉行それぞれに伝えられたという。


笹塚孫一は下城してきた牧野成賢に呼ばれた。

「笹塚、東海道舞坂宿の今切口《いまぎれぐち》で、三宅島の廻船の観音丸が発見されたそうな」

今切口とは遠湖《えんこ》(浜名湖)と遠州灘《なだ》を結ぶ口だ。

〈後土御門院《ごつちみかどいんぎょう》御宇明応《めいおう》八年(一四九九)六月十日大地震して湖と潮《しほうみ》とのあひだきれて海とひとつに成て入海《いりうみ》となる。これを今切といふ〉

と『東海道名所図会』にあるように、元々は淡水湖で海とは隔絶していたところだ。

「船だけ打ち寄せられたのでございましょうか」

「船近くに水死体が打ち上げられておったが、どうやら何人かは島抜けを成功させて上陸したものと思える」

「さすがは万両の大次郎でございますな」

頷いた牧野が、

「浜松藩井上家よりの報告によれば、城下の質屋に押し入った伊勢参りの格好の四人組がいるそうな。七日前のことのようだ。こやつら、質屋に危害は加えておらぬが、七十余両を強奪して逃亡したそうな。質屋の番頭によれば、潮風を受けたように日焼けした屈強な頭に指揮されておったとか。どうやら、この男が万両の大次郎と思える」

「伊勢参りの風体で江戸入りを画策しておりますか」

「師走になって厄介《やっかい》であるな」

「路銀七十両を手に入れたのが七日前、そろそろ江戸入りしてもおかしくはございませんな」

「笹塚、六郷の渡し、品川大木戸など要所要所の警護は厳しくしておろうな」

「すでに数日前より配置につかせております。島抜けした大次郎が大手を振って江戸入りすることだけは阻止しとうございます」

笹塚孫一も牧野も、知恵者の大次郎ならいかなる監視の網を掻《か》い潜っても江戸入りしてくるはずと踏んでいた。だが、白昼堂々と江戸入りされたのでは、南町奉行所の立場はない。

「笹塚、万両が島抜けした折りに伴った仲間は己れを含め、十と三人であったな」

「はい。島抜けした直後に六人が水死し、舞坂で一人水死体で見つかった。残りは六人にございますが、質屋に押し入った折りに四人とすると、亡骸《なきがら》は発見されておりませぬが、島抜けの船中で二人が水死したか、海に流されたか。あるいは女のおきちは生きていて、押し込みには加えず外で見張りを務めさせていたとも考えられます」

「残る仲間は三人か四人じゃが、笹塚、大次郎はそなたが内藤新宿に隠しておるという麴屋の千両箱まで連れていくつもりかのう」

「お奉行、大次郎には麴屋に押し入った折りの仲間がおります。六年半後の再会を約した仲間が、この新しい島抜け仲間を受け入れるかどうか」

「分け前も少なくなろうで、まず、受け入れまい。そのことをなにより大次郎が承知であろう」

「お奉行、大次郎は麴屋の隠し金があることなど島抜け仲間に知らせてはおりますまい」

「となると、足手まといの仲間をどうすると思うな」

「生死を賭けて島抜けし、荒海を乗り切ったのは、大次郎の力が大きかったと推測できます。仲間は何があろうと大次郎を頭と仰いで、従いたいと考えておりますぞ。となるとたやすく別れることはできますまい。少なくともおきちは最後まで行動をともにするのではございませぬか」

「他の仲間の処遇じゃのう」

「あやつ、最後の最後まで本性を隠しております。ひょっとしたら、三人を裏切って始末することも考えられます」

「もはや遅いやもしれぬが、東海道筋にその旨を知らせ、なんぞそのような情報がないか調べるか」

「お奉行、早速手配いたします」

笹塚孫一は立ち上がった。

四

若年寄支配小普請《こぶしん》組三組所属品川《しながわ》家七十俵五人扶持《ぶち》当主品川柳次郎《りゅうじろう》は、寒もそろそろ明けようかという師走、本所の北割下水から麴町《こうじまち》近くの平川町へと向かっていた。

小普請とは無役の御家人が所属する組だ。

伊勢の御師《おんし》がうろつく桜田堀を上がり、半蔵御門前から外堀の四谷御門に向かって長く延びる麴町の通りを西に向かう。

御家人の当主に就いた柳次郎は相変わらず母の幾代《いくよ》と二人、内職仕事に精を出していた。だが、今津屋の由蔵の尽力で、父清兵衛《せいべえ》が札差《ふださし》から前借りしていた一件が片付いたこともあり、さすがに品川家も昔のように内職に追われる日々からは解放された。

なんでもこなす柳次郎と幾代のことだ、仕事をしようと思えばいくらもあった。

正月前のこの時期は内職の書き入れどきでもあった。

幾代は、

「もはや主のそなたに内職ばかりをさせるわけにもいきますまい」

と忙しいときの半分に仕事を絞った。

そんなわけで柳次郎は平川町の椎葉有《しいばゆう》を訪ねる時間の余裕が生じた。お有と会う日、幾代のほうが朝からそわそわして、

「柳次郎、羽織は紋があったほうが宜《よろ》しいでしょうね。それとも、こちらの紋なしながら春めいたものにしますか」

と屋敷を出た亭主の清兵衛が着古した羽織を二枚両手に持って、一枚ずつ柳次郎の体に押し当ててみたりする。一応洗い張りをしてあるので清潔ではあった。

「母上、わが品川家は御目見《おめみえ》以下の御家人ですぞ。急に気取ったところでお里が知れています」

洗い張りが終わっているとはいえ、両方ともにだいぶ草臥《くたび》れている。

「いえ、紋付きと紋なしでは見栄えも違いましょう」

幾代は迷った末に鉄錆《てつさび》色の、無紋の羽織を選んだ。

その羽織の腰に大小を差した柳次郎は、颯爽《さっそう》と麴町三丁目の辻《つじ》に差しかかった。左に曲がれば椎葉家も近い。

お有と会う場所はいつも平川天満宮の拝殿前だ。元山王《もとさんのう》の坂道から平川天満宮の鳥居を潜り、拝殿にいるはずのお有の姿を探した。未だお有の姿はなかった。

「ちと早かったか」

柳次郎は川向こうから早足で歩いてきたせいで額にうっすらと汗をかいていた。川向こうの本所からではなかなかの道のりだ。寒の最中だが手拭いで拭うほど額に汗が浮かんでいた。

柳次郎は陽を眺め上げ、刻限を知ろうとした。

約束は八つ（午後二時）だ。

昼下がりの一刻（二時間）ほどお有には空《あ》いた時間があった。出向いてきた柳次郎と境内をそぞろ歩きながらあれこれと話し合うのが、最近の二人の楽しみになっていた。

手拭いを懐に仕舞い、拝殿前へと歩き出すと、黒羽織の侍が腰を屈《かが》めるように姿を見せた。

「品川柳次郎様でございますな」

「いかにも品川です」

首肯した相手は、

「それがし、椎葉家用人辻伍平《つじごへい》にございます。主より、品川様を屋敷にお招きするよう命じられましてございます」

柳次郎が見る初めての椎葉家の家来だ。平川町に移り、雇い入れた者だろう。

「主とは椎葉弥五郎《やごろう》様のことですか」

相手が頷き、柳次郎は緊張した。

お有と柳次郎が付き合っていることをすでに弥五郎は承知していた。だが、椎葉家の当主の許しがあっての付き合いではない。

一瞬の内に柳次郎は覚悟をした。

「案内《あない》、お願い申す」

九年前、御家人椎葉弥五郎は学問所勤番組頭《くみがしら》に出世して本所北割下水を去った。家禄《かろく》百六十石ながら学問所勤番組頭は将軍家の御目見格だ。いわば本所北割下水の御家人の出世頭だ。

平川天満宮に近い椎葉家は片番所ながら両開き長屋門で、敷地も三百坪はありそうな雰囲気だった。その御門が開かれ、綺麗に掃き掃除がなされていた。

「品川様、こちらへ」

用人は玄関から柳次郎を招じ上げようとした。

「暫時《ざんじ》、お待ちくだされ」

腰の一剣を抜くと手に提げ、呼吸を整えると、草履を揃えて式台へ上がった。

弥五郎がお有との付き合いをどう考え、どう命じようと、二人の気持ちは固まっていた。

お有は椎葉家を飛び出ても品川柳次郎と所帯を持つ覚悟を付けていた。

柳次郎はいつの日か早い機会に弥五郎と面会し、このことをはっきりさせねばならないと思っていた。それを、相手から先手を打たれた。

柳次郎は即座にお有との結婚を誠心誠意願い、その返答次第でその後の行動を決めようと考えた。

学問所勤番組頭の拝領屋敷は慎ましやかだが、さすがに本所北割下水の御家人屋敷とは異なり、庭木もちゃんと職人の手が入って、清々《すがすが》しい雰囲気が漂っていた。新玉の年を迎えるにあたり、職人を入れたのだろう。

障子が閉め切られた座敷の前で用人が座した。

「品川柳次郎様をお連れ申しました」

柳次郎は立ったまま相手の言葉を待った。

身分の上下を考え、廊下に座すことを、若い柳次郎の自尊心が許さなかった。

品川柳次郎は椎葉家の家臣でもなければ従者でもないのだ。対等な関係でお有のことを真摯《しんし》に願う、その気持ちだった。

「おお、参られたか。入ってもらいなさい」

主の声に障子が開かれ、

「どうぞこちらへ」

と弥五郎が笑みを浮かべた顔を柳次郎に向けた。

昔から浅黒い顔で痩《や》せていたが、今も風貌風姿《ふうし》はさほど変わらなかった。ただ歳を取った分、老練な感じがしないでもなかった。

「失礼いたす」

座敷に入ったところで柳次郎は初めて腰を下ろし、

「品川柳次郎にございます」

と名乗った。

弥五郎がしげしげと柳次郎の顔を眺め、

「これまでにも会うたはずじゃが、覚えがないのう」

と首を捻った。

「それがし、椎葉様が本所を出られた日のことを昨日のことのように記憶しております」

「さようか」

と答えた弥五郎が、

「こたび、品川家の主を継がれたそうな。祝着至極《しゅうじゃく》にござる」

「七十俵五人扶持の御家人の相続にございますれば、目出度《めでた》きことかどうか」

「いや、武家方では身分の上下に拘らず相続は祝い事にござる」

はっ、と柳次郎は畏まった。

「品川どの、そなた、本所の住人でありながら、上様御側衆《おそばしゅう》をはじめ、両替屋行司今津屋などとも懇意な付き合いがおありとか」

弥五郎はお有を自らの出世の道具に考え、拝領屋敷を賭場にして寺銭《てらせん》を稼ぐ旗本、内所《ないしょ》が豊かな御書院御番組頭八幡鉄之進《やわたてつのしん》の側室に出そうと画策した一件に絡み、

「わが娘を自ら望んで妾に出そうとは言語道断、学問所勤番組頭にもあるまじき所業である」

と上役から手厳しい叱責《しっせき》を受けていた。

その騒ぎ、柳次郎を擁護して動いたのは、上様御側御用取次速水左近《おそばごようとりつぎはやみさこん》であり、

直心影流《じきしんかげ》尚武館《しょうぶかん》道場主佐々木玲圓《ささきれいえん》であった。また、表には立たなかったが今津屋の老分由蔵が関わっていた。

「昵懇《じっこん》の付き合いと申せば語弊《ごへい》もございましょうが、いささかの謂《いわ》れあって交わりを許されております」

「ふうっ」

と弥五郎が大きな息を吐いた。

その顔には、七十俵五人扶持の御家人ながら、幕閣とつながるという柳次郎をどのように扱えばよいかという、思案が垣間見《かいまみ》えた。

柳次郎はそ知らぬ顔で、

「椎葉様、お有どのとは偶々《たまたま》両国橋でお会いし、懐《なつ》かしさから時折り会うようになりました。このこと、椎葉家にはご迷惑にございましょうか」

といきなり切り返した。

「そなたら、本所時代は幼馴染《おさななじ》みじゃからのう」

当たり障りのない返答を弥五郎がしたとき、廊下に足音が響いた。

「父上、お茶をお持ちいたしました」

お有の声がして、障子が開かれた。

薄く化粧を刷《は》いたお有の顔がいつもより紅潮していた。

茶を弥五郎と柳次郎の前に供したお有が、

「父上、柳次郎様と有のお付き合い、お許しくださいますな」

と、ここぞとばかり言葉を添えた。

お有は二人の会話を隣座敷で聞いていたと思える。

「ふううう」

弥五郎が唸り、廊下に人の気配がして、お有の母親の志津《しづ》が悠然と姿を見せた。

久しぶりに会うお志津はでっぷりと太り、痩せた弥五郎の傍らに座した様には貫禄さえ窺えた。

「おまえ様、過日の一件で勝敗は決しております。おまえ様は、あろうことか実の娘を妾に出そうとなされたのですからな」

「志津、そのこと、もう申すでない」

衆寡敵《しゅうかてき》せず、どうやら椎葉家では八幡鉄之進の一件以来、主の弥五郎の旗色が悪いようであった。

「もし父上が再びどこぞの側室に参れと申されるならば、娘の私から父上との縁を切り、品川柳次郎様のもとへ嫁に参ります」

お有も二の矢を放った。

椎葉弥五郎はただ唸っていた。

「おまえ様、分を心得そこそこの奉公をなす、それが本所北割下水で習い覚えた暮らしでしたな。うちは思いがけなくも北割下水から平川町へと屋敷替えがございましたが、これ以上、無理をなさると大火傷《おおやけど》をいたしますぞ」

「あ、相分かった」

「お有と柳次郎様のお付き合いをお認めになるのですね」

「お有、許す。品川柳次郎どのとの付き合いを認める」

志津が、

「ほっほっほ」

と口を片手で押さえて高笑いを上げ、満面の笑みのお有と両手を握り合って喜んだ。

この日、品川柳次郎は初めての椎葉邸訪問を一刻ほどで切り上げた。

本所に戻るためには椎葉家の門前から左に向かい、元山王から三軒家へと坂を下ったほうが早い。だが、柳次郎は右に折れて平川天満宮に戻ると、拝殿で本日の思わぬ首尾を感謝し、拝礼した。さらに何がしかの賽銭《さいせん》まで賽銭箱に投げ込んだ後、柳次郎は麴町の通りに出た。すると眼前を、大頭に五尺そこその体、膝の抜けた袷の着流しの浪人が四谷御門の方角へとちょこちょこと通り過ぎていった。

（うーむ、南町の笹塚孫一様ではないか。それにしてもあの格好は）

と思案した柳次郎は、

「そうか、御用のために変装をなさっておられるのか」

と得心した。

柳次郎は一丁ほど間を置くと笹塚を尾行し始めた。

過日の旗本八幡家の騒ぎには笹塚孫一も一役買い、旗本屋敷の賭場に出入りしていた分限者の町人を締め上げ、それなりの、

「見逃し金」

をせしめて、南町奉行所の探索費に組み入れていた。見逃し金は別にして、お有を妾にしようとした八幡の野心を挫《くじ》いたことに笹塚孫一が一枚嚙《か》んでいたことは間違いない。

柳次郎は機会があれば礼をと考えて、尾行し始めたのだ。

笹塚孫一は単独行と見えて、左右の肩を突き出すように、麴町の通りを十丁目、すなわち外堀に架かる四谷御門の橋まで一気に歩いてきた。

麴町ほど東西に長い通りもない。四谷御門外に出ると十二丁目がまた始まり、十二丁目でようやく四谷御箪笥町《おたんすまち》と町名を変える。

うらぶれた浪人姿の笹塚孫一はようやく足を緩めた。

目的があるようなないような、柳次郎には見当が付かなかった。

(思い切って声をかけるか)

柳次郎は間を詰めようとした。

そのとき、すでに笹塚孫一は大木戸手前の四谷忍町《おしまち》に差しかかっていたが、
ふわり
という感じで着流しの男が笹塚孫一と柳次郎の間に割り込むように入ってきた。

師走の七つ半前、すでに四谷大通には夕闇《ゆうやみ》が覆い始めていた。

小太りの男が姿を見せたことで、柳次郎は笹塚孫一との間を詰めることを躊躇した。なんとなく三人は縦に連なる格好で大木戸に向かう。

小太りの男が笹塚孫一の後を尾行しているのではと柳次郎が気付いたのは、大木戸を過ぎ、内藤新宿下町に入った辺りだ。

笹塚孫一が何気なく宿場町の店に立ち寄ろうとしたとき、小太りの男も、

すいっ

と横に流れて柳次郎の視界から姿を消した。そして、笹塚孫一がまた歩みを戻すといつの間にか姿を見せていた。

笹塚孫一が足を完全に止めたのは麴屋の店の跡だ。むろん柳次郎はそこがどのような曰《いわ》く付きの跡地か知らなかった。

押し込みに入られ、そのことを知らせようとした手代の善造の粗相で火事を起こし、店と住まいが丸焼けになって主夫婦と番頭の三人が焼死した跡地は、整地されただけで新しい店や家は建てられていなかった。

真っ暗な百数十坪の空き地に佇《たたず》んだ笹塚孫一は、長いこと何事かを考えていた。

柳次郎はその様子を子安稲荷の境内から眺めていた。

小太りの男は追分近くになって姿を再び消していた。

ただ偶然に方角が一緒だっただけなのか、柳次郎は迷っていた。

長い刻限、空き地に佇んで思案していた笹塚孫一が、

くるり

と向きを転じて柳次郎がいる子安稲荷へとやってきた。

その瞬間、後で考えてもどうしても納得がいかないのだが、柳次郎はひょいと銀杏《いちょう》の大木の陰に姿を隠した。

その鼻先を笹塚孫一は横切ると子安稲荷の小さな社の前で立ち止まり、懐から巾着《きんちゃく》を抜くとなにがしかの賽銭を投げ入れて両手を打ち合わせた。

遠く追分の常夜灯の灯りが朧《おぼろ》に流れてきて、笹塚の横顔を照らし出した。

「火の用心、さっしゃりましょう！」

拍子木《ひょうしぎ》の音と声が響いてきた。

闇の中から溶け出すように小太りの男が姿を見せると、抜き身の匕首《あいくち》を腰撓《こしだ》めにして笹塚孫一の背に突進しようとした。

「おのれ、許せぬ！」

どこからそのような大喝が湧《わ》き出たか、柳次郎は叫ぶと刀を抜きながら小太りの男に駆け寄った。

小太りの男が柳次郎に気付いた。

ちらり

と振り返った笹塚孫一を見て、狙いを変え柳次郎に突っ込んできた。

間合いが一気に縮まった。

柳次郎は、匕首を腰撓めにした相手に刀の長さを利用した。

刀を突きの構えで両手に保持し、その切っ先を、突進してくる男の喉元に狙いを定めて敢然と踏み込んだ。

匕首と刀の刃渡りの長短が勝敗を決した。

柳次郎は、相手が唇を嚙み締めるほどに固く閉ざして顔を歪ませるのを見た。

それでも踏み込んだ。

ぐすり

先に届いたのは柳次郎の切っ先だった。

夕闇に、

ぱあっ

と血飛沫《ちしぶき》が上がり、柳次郎の掌に重くも鈍い感触が伝わってきた。

「ぐえっ!」

悲鳴を上げた男は一瞬立ち竦むと、よろよろと横に歩き、参道に横倒しに崩れ落ちた。

柳次郎は刀を突き出したままの構えで、男が死に絶えるのを眺めていた。

「品川どのか」

笹塚孫一が声を張り上げ、

「そなたに一命を救われたようだな」

と沈んだ声で付け足した。

だが、柳次郎は自らの行動にただ呆然として、

ことり

と身動き一つしなくなった男を眺め下ろしていた。

第三章　子安稲荷の謎

一

内藤新宿仲町の番屋に亡骸《なきがら》が運ばれ、土地の医師の手で検視が行われた。それを見ていた年寄りの番太が、

「あれ、こやつ、どこかで見た面だがな」

と言い出した。笹塚孫一が、

「とくと見よ、思い出せ」

と注文を付けたりしている間にも老爺《ろうや》は腕組みして考え込んでいた。そこへ土地の御用聞き紋蔵と手下《てか》が騒ぎを聞きつけて番屋に飛び込んできて、

「笹塚様、その形《なり》は」

とまず笹塚の格好を気にした。そして、

「刺されそうになったお方は笹塚様でしたか」

と訊き直した。頷いた笹塚が、

「紋蔵、いよいよ動き出したぞ。明和八年の麴屋の押し込みの連中が戻ってきたようじゃ」

「こやつも一味と申されるので」

「そうでなければおれの命を狙うまい」

へえっ、と答えた紋蔵が、

「万両の大次郎め、島抜けまでやりやがったそうで」

「それもこれも、あの折り隠した千両箱を取り出すためじゃ」

と笹塚が答え、

「分かったぜ」

と老爺が呟いて腕組みを解いた。

「お役人、こやつ、下町裏にあった植木屋の職人、草太郎《そうたろう》だ」

「植木職人だと」

「へえっ」

「今も働いておったか」

「いえ、植木屋の鉄三《てつぞう》親方が亡くなりまして、今では『植鉄』そのものがございませんや。それに草太郎の奴、鉄三親方のもとでは一年と働いていなかったと思います」

「草太郎が働いておったのは明和八年、騒ぎが起こった頃ではないか」

再び老番太が考え込み、

「間違いねえや。草太郎はそのとき、鉄三親方んところに住み込んでいましたぜ」

「騒ぎの後、辞めたか」

「へえっ、確かにその年の秋口には内藤新宿にはいなかったはずでございますよ。あとで、伊勢へおかげ参りに行ったとか聞きました。内藤新宿からもたくさんの奉公人が伊勢に出かけましたからね。親方が心臓の病で亡くなったのはそれから二年もした頃だ。間違いねえ」

「おかげ参りのあと、こやつは内藤新宿に戻ってこなかったのだな」

笹塚はしばし腕組みをして考えていたが、

「紋蔵、大次郎は植木の親方であったな。草太郎が布田で大次郎と関わりがあったかどうか、調べて参れ。草太郎なる名、植木職にはできすぎておる、偽名やも知れぬ」

と命じた。

「へえっ、畏まりました」

紋蔵と手下が夜の街道へと飛び出していった。

笹塚孫一の顔がようやく和んで、番屋の上がりかまちに腰を下ろし沈黙を続けていた品川柳次郎に向けられた。

「品川どの、改めて礼を申す。そなたがあの場で助勢してくれねば、笹塚孫一、今頃三途《さんず》の川を渡っておったわ」

「笹塚様、何度も礼を申されることはございません。それがし、坂崎さんと異なり、あのようなことには馴《な》れておりませぬ。あのとき、夢中で刀を抜き、なぜか普段は遣ったこともない突きの構えで踏み込んでいたのです」

「そのお蔭で今、こうして生きておる。品川どの、あの場に姿を見せられたのは偶然か」

「いえ、麴町三丁目の辻からずっと笹塚様のあとを尾《つ》けておりました」

「おや、それがしのあとをとな」

柳次郎は椎葉家を訪問した帰りに遭遇した事実を笹塚に話した。

「ほう、それはまた笹塚孫一、未だ悪運が尽きぬということではないか。こやつが忍町の裏路地から出てきて、それがしを尾行してきたとな」

「私が笹塚様に声をかけようとしたときでした。それで笹塚様を先頭に三人が縦に並んで、追分付近まで参った次第。その直後、こやつは一旦姿を消しております」

「子安稲荷で再び姿を見せたのだな」

「そういうことです」

「正直申して、あの折りあれこれと考えながら歩いておって、こやつが背後に迫っていることなど夢想だにしなかった」

と事情を知った笹塚が、

「品川どのと椎葉有どのの恋がそれがしの命を助けてくれたか」

「それもこれも、直参《じきさん》旗本八幡鉄之進賭場騒動の折り、笹塚様がお働きなされたことが発端です」

「あれか。泥棒猫が横から分け前を掠《かす》めたような騒ぎで、南町は濡《ぬ》れ手で粟《あわ》の一件であったがな」

と笹塚が照れた。

「品川どの、付き合いついでじゃ。今しばらく付き合うてくれぬか」

今日の笹塚孫一は格別に機嫌がよかった。

「それは一向に構いませぬが」

「数寄屋橋から同心どもが駆け付けてくるには間もござろう。その間に、腹拵えをいたそうか」

「同道します」

椎葉家では茶菓が供されただけの柳次郎だった。なにしろいきなり椎葉家に呼び付けられ、お有の父親と対面する仕儀になったのだ。それ以上の接待があるわけもない。早昼を北割下水の屋敷で摂《と》って以来、柳次郎はまともに口に入れていなかった。腹が背の皮に付きそうなくらい空腹で、最前からぐうぐう鳴りっぱなしだった。

笹塚は番屋を出ると、仲町の伝馬《てんま》問屋の裏手の一膳《いちぜん》飯屋に柳次郎を案内した。さすがは老練な与力だ。四宿の地理も店も承知していた。

「いらっしゃい」

小僧が、膝の抜けた袷の着流し姿の笹塚と羽織袴《はかま》の柳次郎を値踏みするように見た。

「御家人さん主従お二人、こちらへご案内。へえっ」

入れ込みの板の間に向かい合わせで座らされた。

小僧はどうやら柳次郎を貧乏御家人、笹塚をその屋敷の雇い人と見たようだ。

「小僧、酒を熱燗《あつかん》でくれ。菜は見繕《みつくろ》うてな、二、三品。寒いで煮込み豆腐もよいな。飯はあとだ」

と笹塚が辺りを見回してきぱきと注文した。

「へえっ、驚いたな。家来が威張ってやがらあ」

と呟きながら小僧が釜場に消えた。

馬方や駕籠かきや飛脚が集う煮売り酒屋を兼ねた店には、一日体を使って働いた連中が大声で会話を交わしながら酒を飲んでいた。

「お待ち！」

小僧が燗徳利に酒器を二つ運んできた。笹塚が燗徳利を摑むと、

「品川どの、命の恩人にまず酒を注《つ》がせていただこう」

と差し出した。

「恐縮にございます」

二人は互いの盃に酒を注ぎ合い、その盃を捧げると目礼をし合った。そして、それぞれの思いとともに口に含んだ。

柳次郎の喉に熱燗の酒が落ちた。

「ふうっ。ひと息ついた」

「品川どの、嫌な思いをさせてしもうたな」

笹塚は刺客を仕留めてくれた柳次郎の気持ちを斟酌《しんしゃく》して言った。

「あやつの命と南町奉行所の知恵者与力どのの命とは替えられません」

柳次郎は一杯の酒で、

「死」

の感触を忘れることにした。

「これで坂崎さんがおられれば万全ですがねえ」

「東海道筋に大雨が降ったそうな。大井川をはじめあちらこちらの川止めに引っかかって帰りが遅れておるようじゃ。年内に戻ってくるとよいのだが」

と答えた笹塚が柳次郎に明和八年の押し込みを手短に語り聞かせた。

「なんと、その首謀者と目される男は島破りまでしましたか」

「遠州舞坂宿で島抜けに使うた廻船が見つかっておる。すでに江戸に潜入していても不思議ではない。本日、内藤新宿を微行しておったのはそれを確かめるためにござった」

「そうでしたか」

ようやくお互いの行動を理解し合った二人は、二合ほどの酒を豆腐の煮込みで飲み、秋刀魚《さんま》の煮付けととろろ汁で麦飯を食べた。

「ふあっ、食べたわ。それもこれも、生きていればこそできることよ」

笹塚が嬉しそうに言ったとき、一膳飯屋に同心姿の木下一郎太が飛び込んできた。

「笹塚様、ご無事でございますか。お怪我《けが》は」

「ないない。それがしには坂崎磐音以上に強い味方が付いておられるでな」

と満足そうに笹塚が言い、一郎太が、

「あれ、品川さんがご一緒でしたか」

と柳次郎が笹塚と同席する姿に首を傾《かし》げた。

結局、柳次郎はその夜、内藤新宿で夜明しをする羽目になった。番屋近くの旅籠《はたご》に投宿した笹塚孫一らに同道して、明け方とろとろと眠った。

夜明け前、師走だというのに汗みどろの紋蔵の手下が番屋に飛び込んできた。その知らせに、仮眠していた笹塚らが番屋に行くと、手下が柄杓から水をごくりごくりと飲んでいた。

一郎太も柳次郎もその場に立ち会った。

「笹塚様、草太郎は本名でございましたよ」

「本名とな」

「万両の大次郎には妹が一人おりましたが、十数年前の大雨の後、川に嵌《はま》って亡くなっております。その亭主が草太郎なんで」

「ほう、義弟とな」

「大次郎の本業の植木屋でもやくざ稼業でも、草太郎は大次郎の腹心格でございましたそうな」

「あの折り、布田宿界隈を調べたが、草太郎なる男はいなかったがな。そうか、大次郎め、麹屋に押し込む一年も前から、内藤新宿の鉄三のもとに草太郎を預けていたか」

「笹塚様、思い出したことがございます」

と言い出したのは、目やにをこびり付かせた老番太だ。

「どうした、父っつぁん」

「植鉄の親方は麴屋にも出入りしておりましたぜ」

「くそっ！　大次郎め、あれこれと画策しおって」

と笹塚が吐き捨てた。

「紋蔵は布田か」

「へえっ、夜分のため、調べが行き届いておりませぬ。そこで親分らは夜明けから調べ直して戻るとの言伝《ことづて》にございます」

「ご苦労であった。少し休め」

笹塚はなにがしか汗かき賃を手下に渡すと番屋から下がらせた。

天竜寺の時鐘が明け六つ（午前六時）を告げて響いてきた。

「父っつぁん、植鉄は店仕舞いをしたんだったな。跡を継ぐ者はいないのか、どうなっておる」

「親方が亡くなってしばらくはそのままでしたが、行徳《ぎょうとく》だかどこかから植鉄の兄弟分が内藤新宿に移り住んで植木屋を再開してますがね、植鉄の親方ほど腕もよくねえ、知り合いもねえってんで、一人で細々やってますぜ。訪ねるなら、水番屋前の理性寺裏でございますよ。分からなければ寺の小僧にでも訊けば教えてくれましょう」

笹塚は一郎太と柳次郎を供にして、内藤新宿仲町から下町へと東に下った。

柳次郎は無断で屋敷を空けて幾代が心配しているのではないかと案じながらも、成り行きで笹塚に従った。

「品川どの、今しばらく笹塚孫一とお付き合いくだされ。坂崎磐音のおらぬ今、そなたは坂崎に代わるそれがしの守り神でござればな」

「はあっ」

柳次郎は曖昧に返事をし、一郎太が、

「お気の毒に」

と小声で洩らした。

元植鉄の敷地は、理性寺の北側の低い窪地《くぼち》にへばりつくような五、六十坪ほどであった。寺の脇《わき》道から階段を下りると、腹掛けの職人が水に浸して濡らした縄をぐるぐると巻いていた。

「鉄三の兄弟分とはそのほうか」

汗じみた袷の小男に尋ねかけられた職人は、暗い目付きで三人を眺めた。木下一郎太はだれが見ても奉行所の同心と分かる黄八丈の着流しに巻羽織《まきばおり》という格好だ。

「へえっ」

「名はなんと申す」

「波平《なみへい》ですよ、旦那」

「波平、植鉄の跡を継いだのはたれぞに頼まれてのことか」

「鉄三親方もおれの親父も行徳の出でねえ、植木屋ですよ。鉄三親方がおっ死んだ後、親方のおかみさんが行徳に戻ってきて、おれに跡を継がねえかと言ったんでさ。客筋もいいし、借地だが土地も家もあるというんで、何がしかの金を渡して受け継いだんで」

笹塚は窪地を眺めた。

土地はそれなりにあったが、小さな家と納屋は傾き、空き地のあちらこちらに痩せた植木がひょろひょろと伸びているばかりだ。

「鉄三親方が出入りのお店や屋敷は、おれがこっちに移ったときには他の植木屋が入り込んでやがった。残りはしみったれた客ばかりだ」

それが不満か、波平が吐き捨てた。

「地味はいたって悪そうだな」

「窪地だから、ちっとの雨にも水溜《みずたま》りができてよ、年に一度か二度、水が家に上がってきやがる。この辺りの塵《ちり》が流れ込んで、ひでえもんだよ。植木職には皮肉な土地でさあ」

笹塚は頷くと、雨が降ると水が溜まるという窪地を歩き回った。

波平も一郎太も柳次郎も黙ってその行動を眺めていた。

「邪魔をしたな」

とふいに笹塚が波平に言った。

「旦那はお役人なんで」

「南町奉行所年番方与力笹塚孫一様だ」

と一郎太が代わって答えた。

「与力ねえ。なにをお調べに参られたので」

「そなた、鉄三が健在の頃、草太郎なる職人が働いておったことを知らぬか」

「鉄三親方が生きていたとき、わっしは内藤新宿がどこにあるかも知りませんでしたよ。まして職人などだれ一人知りませんや」

「草太郎なる男がこの家を訪ねてきたことはないか」

「ありませんね」

と首を横に振った波平が、

「なんのために草太郎って野郎がうちを訪ねてくるんで」

と反問した。

「おまえがこの内藤新宿に引っ越してくる前のことだ。追分にあった麴屋という塩・味噌・麴を商う店に賊が押し入った」

「未だ捕まってないそうですね」

「知っておるのか」

「飲み屋でだれぞが噂《うわさ》してました」

「なんとな」

「へえっ。賊が盗んだ金を未だ内藤新宿に隠しているとかどうとか」

と答えた波平が、

「旦那。まさか、この窪地に隠したと言われるんじゃないでしょうね」

「違うか」

「小判なんぞに縁はねえが、すぐに水が出る窪地ですぜ。大雨でどこに流されるかもしれねえ場所に埋めるとも思えねえ」

「そのようだな」

笹塚孫一は土地を見てそのことをすでに悟っていた。

「邪魔をしたな」

三人は窪地から寺道まで上がった。笹塚は今一度、訪ねていた場所を見下ろした。

波平が相変わらず暗い目付きで見上げていた。

四谷大通に出たとき、柳次郎は、

「それがしはこれで失礼いたします」

と笹塚に挨拶した。

「母御がお待ちゆえ、坂崎のように都合よく引き回すわけにも参らぬな」

「この一件が無事解決することを祈っております」

「積年喉に刺さった棘《とげ》じゃ。なんとしても抜いてみせる」

そう宣すると、笹塚は一郎太を伴い、仲町の番屋へと戻っていった。それを見送った柳次郎は本所北割下水を目指して歩き出した。

二

この夕刻、笹塚孫一は南町奉行所に一旦戻った。するとだれかが夜のうちに投げ込んでいったと思える、結び文が届けられていた。下手《へた》な表書きで、

「江戸すきや橋みなみ町ぶぎょうしょささづかまごいちさま」

と宛てられていた。

「はて、たれかのう」

笹塚は結び目を解《ほど》き、下手な字ながら要領をえた文面に目を落とし、驚いた。

「ささづかさま　まんりょうの一味、はこね関所をぬけ、すう日ごに江戸いり。いちみは八にん、うち島ぬけよったり、けんじゅつかふたり、おんなづれ。ようじんようじん」

とあったからだ。

「なんだ、これは」

折りから顔を覗かせた同心歌垣彦兵衛に文を見せた。

「笹塚様、字を書き慣れぬ職人の手のようですな」

「あるいはわざと下手な字を模したか」

「ならばどこぞに無理が生じます」

「いかにもさようかな」

「一味に加わった者がたれぞに託したか」

「大次郎を裏切るということか」

「はて、そのへんが」

歌垣が困った顔をした。

「あるいは一味がなんぞこちらを混乱させようと投げ込んでいったか」

「ともあれ島抜けで生き残ったのは四、五人と見られておりましたが、万両の大次郎め、新たに手下を募ったか、昔の仲間を東海道筋まで呼び寄せたか、人数が増えておりますぞ」

「うーむ」

と笹塚が唸った。

遠江から駿河にかけて山際で降り続いた雨による川止めが、数日前にようやく解けていた。この数日、足止めを食っていた旅人がどどっと六郷の渡しに差しかかると予測された。

「歌垣。六郷と品川大木戸の警戒をさらに厳しくいたせ」

「畏まりました」

歌垣が立ち上がりかけた。すると笹塚が、

「お香はどうしておる」

と訊いた。

「いつもどおり商いに精を出して、いささかの動揺を見せる様子もございませぬ」

「女は覚悟を決めると強いのう」

「お香は大次郎と情を交わしたわけではございませんからな。亭主の鯉吉にもすべてを話して所帯を持ったのです。大次郎がどう言うてこようと、驚くことはございますまい」

「歌垣、そう思うか」

「二人の間にはなにかあると申されますか」

「男と女の仲というのではない。大次郎は未だ、新助を通じて麴屋の一件がお香に洩れておると疑うておる。お香はお香でその辺のことを知りつつ、大次郎を命の恩人と感じておる。この二人の人情の機微が騒ぎの決着にどう左右するか」

「はあ」

と歌垣彦兵衛が曖昧に返答した。

「歌垣、おれは万両の大次郎が必ずや一度はお香の店を確かめに来ると思うておる」

「内藤新宿の隠し金を引き上げる前のことですな」

「いかにも」

「見逃すことはございません」

お香の甘味処まんりょうを見張る蠟燭屋の二階に陣取り、指揮に当たる歌垣彦兵衛が言い切った。

「大次郎め、島抜けの仲間をどうする気か」

笹塚が呟く。

「島を抜けるときは仲間でも、陸地《くがち》に上がれば厄介者だ。麴屋の一件、当然知るまい。これからも大次郎を頭《かしら》と仰いで江戸入りし、ひと稼ぎしようと考えておろう。だが、大次郎にその気はない。隠し金があるのだからな。この分け前のこともある、昔の仲間が、島抜けした連中を新たな仲間として歓迎するわけもない」

「となると、どこかでおっぽり出しますか」

「そうたやすく別れるものかのう」

「ひと悶着《もんちゃく》あるか、あるいは始末するか」

歌垣の言葉に笹塚が首肯した。

「笹塚様、東海道筋の動きに気をつけます」

「頼もう」

歌垣彦兵衛が年番方与力の御用部屋から立ち去った。

笹塚は火鉢にかかっていた鉄瓶《てつびん》の湯を使い、茶を淹れた。鉄瓶は火鉢に戻さず五徳《ごとく》の上に網を置き、餅《もち》を載せた。餅がふっくらと焼きあがる間に、自らに宛てて投げ込まれた結び文のことを改めて考えた。

「大次郎がこのような悪戯《いたずら》をするとも思えぬ。たれがこのようなことを……」

とか、

「この文、虚言とばかりも言い切れぬ。一味を八人とかぎり、女や剣術家が加わっておると書いてきたところなど捨て難い。大次郎は島抜けに際し、妾を連れて逃げておるからのう」

などと独り言を呟き、焼けた餅に箸《はし》を伸ばした。

翌未明、川崎宿の宿場役人から、六郷の渡しの江戸側八幡塚《はちまんづか》河原に出張らせていた南町奉行所同心原口小三郎《はらぐちこさぶろう》のもとに一報が入った。川崎宿外れの河原で三人の男が気を失い、倒れているのが見つかったとか。どうも手配の島抜け一味と思えるとの通報だ。

原口小三郎は小者《こもの》を伴い、まだ暗い川を渡った。

三人は川崎宿番所の土間に引き据えられ、原口が到着したとき、医師が傷の治療をしていた。原口は伊勢参りの格好をした三人のうちの一人の坊主頭を見て、

「亮達《りょうたつ》、女犯《にょぼん》のおめえが島送りになったのは四年も前か。今度は島抜けとは腕を上げたものだな」

「原口の旦那」

坊主頭に醜くもちょろちょろと毛が生えた中年男が怯《おび》えた顔をした。

上野寛永寺の寺中《じちゅう》一乗院の修行僧亮達はしばしば寺を抜け出し、お店や長屋に押し入り、女房や娘を手込めにしてお縄になった。

お縄にしたのが原口だ。

その後、亮達は町奉行所扱いから寺社方に引き渡され、島送りの沙汰を受けて、三宅島に送られていた。

原口を名指しで六郷の渡しを見張るよう笹塚直々に命じたのも、そのような経緯《いきさつ》があったからだ。

「今度ばかりはおめえも死罪は免れめえよ」

原口はわざと脅《おど》かした。

「くそっ」

「おめえも昔は仏に仕えた身だ。ちったあ言葉を選びねえな」

「ついてねえぜ」

「島抜けの頭分は、万両の大次郎に間違いないな」

「へえっ」

「なぜおめえら三人、六郷河原に放り出された」

「大次郎親方は、おれたちが足手まといだったんだろうよ。途中で一味に加わった凄腕《すごうで》の用心棒侍におれたちの始末を命じたんだ、江戸入りを前にな」

「なぜ殺されなかった」

はて、と亮達が首を捻った。

「旦那、万両のことを洗いざらい吐くからよ、おれっちの命を助けてくんな」

医師の治療を受けた小男の鮫次《さめじ》が言い出した。

「お医師、刀傷か」

原口は鮫次の問いには答えず、帰り仕度をする医師に訊いた。

「いかにもさよう。だが、私が治療をするほどもない浅手だ。おかしな話よ。この者たちに訊くと、殺せと命じられた侍は、峰に返した刀で三人を気絶させ、その後、この傷を作ったと思えるのだ」

「用心棒はおめえらの命を助けたようだな」

「旦那、命を助けられたかどうか、この番屋に連れてこられるまで分からなかったよ。あいつに河原に呼び出され、いきなり刀を抜いておれっちに斬りかかったんだ。おれはよ、あっ、これでこの世とおさらばかと思ったぜ。そしたら、峰打ちだと。さっぱり分からねえや」

亮達が興奮気味に応じた。

原口小三郎は早駕籠を用意させ、事情を承知の小者を伴わせて、三人の島抜けを南町奉行所笹塚孫一のもとへと送り込んだ。

笹塚孫一は三人を小伝馬町牢《ろう》屋敷に移し、対面したのは朝の四つ（午前十時）前のことだ。

小者から島抜け三人が捕らわれの身になった経緯を聞かされた笹塚は、自ら一人ずつ尋問することにした。まず破戒僧の亮達が穿鑿所《せんさくじょ》の土間に引き据えられた。

穿鑿所とは笞打ち、石抱きなど牢問いを行う場所だ。それだけに殺伐とした暗く重い気が漂っていた。まず咎人《とがにん》はこの穿鑿所に入れられただけで身震いし、恐れ入る。

亮達も多くの囚人たちが血と涙を流した場に怖気《おぞけ》をふるったようで、真っ青な顔をした。

「亮達、万両の大次郎に最後の最後に裏切られたか」

「へえっ、どうやらそのようで。だが、なぜ裏切られたか分からねえ」

と首を捻った。

「おまえらが始末されたとなると、ただ今の万両の大次郎一味には島抜けの仲間はおらぬのだな」

「妾のおきちが従っていまさあ。だが、一人ずつ死んで今や男はいねえ」

頷いた笹塚は、

「おまえらが島抜けの果てに舞坂の浜に漂着したのは分かっておる。そんとき、何人生き残っておった」

「へえっ、五人で」

「大次郎に妾のおきち、おまえと仲間の二人か」

「へえ、中間《ちゆうげん》上がりの鮫次、貧乏に負けてわが子を捻り殺した叩き大工の春吉《はるきち》の五人でさあ」

「浜松城下で質屋に押し込んだか」

「よくご存じだ。だってめし代も持っちゃいない。それでよ、大次郎親方が江戸入り前に一度だけ押し込みをやるが、女を犯すことはならぬ、怪我をさせてもならぬと、おれたち三人に約束させての押し込みだ。大次郎親方は本業は植木職というが、なんとも手際がいいぜ」

「七十両余りの路銀を手にしたおまえらだ、なぜ江戸に急行しなかったか」

「一旦東海道を外して秋葉山《あきばさん》に向かったんだ。親方が言うには探索の目を逸《そ》らすというのだがな。愚僧はなんとなく万両の親方、たれぞを秋葉山に呼び寄せたんじゃないかと思ったぞ」

と突然坊主であった昔を思い出したか、口調を改めた。

「浜松城下の押し込みの後、春吉が袋井《ふくろい》宿でおきちが飛脚屋に入るのを見たというが、島育ちのおきちが文を書く相手なんかおるまい。となれば大次郎の文を預かったと考えるのが順当であろうが」

「いかにもさようかな。大次郎は秋葉山にたれぞを呼び寄せたと申すのだな」

「会ったと思うな。だが、われらは知らされてない」

「秋葉山には何日いたな」

「雨が降り続いていたせいもあったが、随分と長かったな。七、八日はいたろう。ふいに親方が、東海道に戻り、江戸に行くと言い出したのだ」

「大井川で川止めになったか」

「二日ほどだ」

「大次郎の仲間に凄腕の剣術家がおるそうだな」

「吉原宿の旅籠で、朝飯の場にいきなり赤嶽多之助《あかだけたのすけ》という野郎が加わっていたのだ。万両の親方はわれらに何も言わなかったが、昔の仲間だと思うな。身の丈六尺はありそうな大男で、天然なんとか流の達人とか。われらには一言も口を利かぬのだ」

笹塚孫一は、大次郎が天然神道流の腕利きであったことを思い出した。昔の仲間の一人は剣術仲間であったか。

「島抜け組が五人、さらに赤嶽多之助が加わり六人か。そのほうら、箱根の関所を破った折り、八人に増えてはおらぬか」

亮達が、呆《あき》れたという顔で笹塚孫一を見た。

「そなたらのやることくらい、江戸におっても見逃しはせぬ」

笹塚は亮達を睨みすえて胸を張った。

「だが、旦那、ちと違うぞ」

「話せ」

「夜半、われらが三島宿の旅籠で紹介された関所破りの案内人の手引きで箱根を越えようとしたときのことだ。その折り、おきちが慣れぬ道中疲れからか、体の具合を悪くしてな、暗闇の芦ノ湖畔に出たとき、どうにも動けぬようになった。さらに悪いことに箱根名物の山賊が現れおってな、いくら赤嶽と万両の親方がいるとは申せ、地の利のないわれらの旗色が悪くなった。そこにだ、同じく関所破りしていた夫婦者の侍が助けに入り、われらに加担して追い払ってくれたのだ。因州鹿野藩《いんしゅうしかの》の家臣だが、理由《わけ》あって逐電した夫婦者でな、亀村作之助《かめむらさくのすけ》、お稲《いね》といった。亀村はなかなかの腕前だった。われら、芦ノ湯の旅籠に逗留《とうりゅう》し、おきちの病が癒《い》えるのを待った。この間、お稲がおきちの面倒をよう見てな、江戸に行ってもあてがないという夫婦侍を万両の親方が一味に加えたのだ。だが、赤嶽は信用ならぬと万両の親方に異を唱えたが、親方は同道することにした」

「それで八人か」

「いかにも」

と応じた亮達が、

「いやはや、亀村作之助がわれらに加わったお蔭でわれらの命が助かったともいえる」

「川崎の河原で殺しを命じられたのは亀村か」

「赤嶽が、あやつを一味に加えるなれば、島抜けの三人の始末をさせよと万両の親方に談じ込んだそうだ」

原口に話したより詳しく亮達は笹塚に告げた。落ち着いたせいだろう。

「万両の大次郎、江戸入りを前にいよいよそなたら三人の始末にかかったか」

「愚僧らはとんと気付かずにな、夜中に亀村に呼び出され、河原に連れていかれてようやく気付かされた始末だ」

「亀村はなんぞ説明したか」

今一度念を押した。

「万両の親方に、そなたらを始末せよ、でなければ仲間に加えぬと言われた。致し方なき仕儀ゆえ許せ、と言いやがった」

「おまえらはどうした」

「むろん長脇差や匕首《あいくち》やらを構えた」

「勝負は」

「勝負もなにも、気付いたら括られて番所に転がされていた」

笹塚はしばし沈思した。

「旦那、われらはどうなる」

「島抜けした者がどうなるか承知か」

亮達が激しく首を振った。

「流罪人が配所で島抜けを企《たくら》んだ場合、死罪じゃ」

「やっぱりな」

と言うと、亮達は愕然《がくぜん》と頭を垂れた。

「だが、すぐには死罪にはいたさぬ。万両の大次郎を捕まえるまで小伝馬町に留め置く」

「旦那、万両の親方は島抜けする理由があったのか」

「あやつ、島抜けの船中でもなにも言わなかったか」

「万両の親方は、無口というのではないが、人の話を聞くのが実にうまい。親方の前に行くとついこちらが喋っておってな、その結果、親方はなにも話さぬというわけだ」

「六年半も前、あやつ、内藤新宿の大店《おおだな》に押し込み、何千両もの大金をまんまと盗み出した。それをほとぼりが冷めるまでどこぞに隠しておるのだが、あやつがやったという証拠《あかし》がない。亮達、これが大次郎が三宅島に島流しになった本当の理由よ」

「なんとな。万両の親方は隠し金を取り戻すためにわれらを誘い、島抜けしたのか」

「井戸を掘り、芝居興行を重ねたのも、すべてこのときのためよ」

「なんということが」

亮達が呆然とした。

「島抜けした十二人はすべて捨て駒《ごま》よ。おきちもいつの日か、そなたら同様に始末されよう」

「われらは運がよかったのか、悪かったのか」

「仮牢の中でとくと考えよ」

笹塚孫一はさらに鮫次と春吉を一人ずつ呼んで尋問したが、亮達が証言した以上のことは新たに加えられなかった。

笹塚は同心を御用部屋に呼んで、川崎宿で、破戒僧の亮達、元中間の鮫次、叩き大工の春吉と、島抜けの三人の斬殺《ざんさつ》死体が発見されたと読売に情報を流し、江戸じゅうに知らしめるよう命じた。

同心を去らせた笹塚は、

「うっ寒い」

と思わず呟き、自ら障子を開いた。するとちらちらと白いものが鈍く曇った空から舞い落ちていた。

三

安永《あんえい》六年（一七七七）も残り二日、江戸の町には雪が降り続いていた。屋根にもうっすらと積もり、道は泥濘《ぬかる》んで往来する人の足元は真っ黒に汚れていた。

夕暮れ、灯りが雪道に落ちて、女たちがいそいそと出入りしているのは、串だんごと牡丹餅が名物の木挽橋際の甘味処まんりょうだ。

この寒さだというのに女たちがひっきりなしに訪れ、店で茶と串だんごを頬張り、あるいは竹皮包みに包んで家に持ち帰る光景が展開された。

お香は奥のだんごと牡丹餅作りは亭主に任せ、二人の小女《こおんな》を使って客の応対に大わらわだった。

笹塚孫一は蠟燭屋の二階の見張り所から、すっかり女将として貫禄をつけたお香の働きぶりを黙念と眺めていた。

もはや万両の大次郎一味が江戸に潜入していることは確実だった。川崎宿外れの河原で破戒僧の亮達らが斬られてすでに二日が過ぎていた。

「笹塚様」

無言で木挽河岸を眺める年番方与力を木下一郎太が呼んだ。

「なんだ」

笹塚は振り向きもせず応じた。

「島抜け一味が隠し金を取り戻すとしたら、師走の内にございましょうな」

河岸道も雪が白く積もり始めていた。雪の降りが段々と強くなったようだ。

笹塚がゆっくりと一郎太に顔を向けた。

「まず人の往来の激しい今日、明日だな。万両の大次郎なら年を越すようなことはするまい」

もはや今日はあと三刻（六時間）とない。この一昼夜が勝負だ。

「内藤新宿でございますね」

笹塚からの返答にはしばし間があった。

「そう確信しておる。だが、確かな証はない」

笹塚孫一がお香を見張る理由でもあった。だが、この手とて賭《か》けだった。

万両の大次郎は、手下の新助の女だったお香を殺しに来たところをお縄になっていた。大次郎は、

「お香に懸想」

したと笹塚に証言したが、口を封じに来たことは明らかだった。それが女を殺すことに迷いが生じ、そこを笹塚孫一らの手で捕縛されたのだ。

万両の大次郎を島送りにしたのはお香とも言えた。恨《うら》みを抱いているとも考えられた。

（必ず姿を見せる。万両の大次郎とはそんな奴よ）

暮れ六つ（午後六時）の時鐘が三十間堀の木挽河岸に響いて、女の客は一旦まんりょうの店頭から引いた。だが暖簾を仕舞う前に再び増え始めた。

「商売繁盛とはこのことだな」

門松飾りを終えた鳶《とび》の連中が河岸道から橋を渡った。どこかで遅い餅つきを頼まれたか、杵《きね》や臼《うす》を抱えた男衆《おとこし》が疲れた様子で通り過ぎた。

「節《せ》季《き》ぞろ節季ぞろ、さっさござれやさっさござれや、せきぞろエッせきぞろ、まいねんまいねん」

賑《にぎ》やかな歌声が響いた。

三角の菅笠に紙のお面を被り、白布に松竹梅などを描《か》いた前掛けをし、奇妙な腰付きで手には撥《ばち》や簓《ささら》を持って打ち鳴らし、時には女の三味線弾きも加わって師走の町屋やお店を門付《かどづけ》に歩く。

節《せ》季《き》候《ぞろ》という。

「……毎とし毎とし、旦那の旦那の、お庭へお庭へ、飛びこみ飛びこみ、はねこみはねこみ」

雪が万両を覆い、赤い実だけがぽつんと覗くお香の店にも賑やかに節季候がやってきた。

お香がなにがしか門付に渡した。すると三味線弾きの女が礼でも言ったか、お香に何事か話しかけた。

節季候が店先から姿を消し、お香は何事か考えるように立っていたが、その視線が笹塚孫一らの潜む見張り所に向けられ、三十間堀に移動した。

河岸の柳が雪風に吹かれて靡《なび》いていた。

お香が橋際へ歩いていく。すると雪道にお香の履いた駒下駄の跡がはっきりと刻まれた。

「笹塚様、連絡《つなぎ》があったのでは」

「待て」

笹塚は逸《はや》る一郎太らを制した。

時が流れた。

吉原被りの粋な鳶職人が、竹松を担いでお香の店の前を通りかかった。大きな男の目が、店の角に植えられた万両を見た。

「一郎太、あやつだ」

同心らに緊張が走り、一郎太らが笹塚の指摘した鳶職人を確かめると見張り所から飛び出していった。

笹塚孫一は動かない。ただ、鳶に扮した万両の大次郎の動きを見詰めていた。

そより
と大次郎が動いた。

河岸道に立つお香と視線を交わらせた。

なにか二人が目で言い合ったようにも笹塚には思えた。

次の瞬間、鳶の大次郎は、
ふわり
と雪の降る河岸道へと曲がり、姿を消した。

笹塚の目に一郎太が飛び出してきたのが見えた。すると橋際に立つお香が、顎で大次郎が逃げた河岸道の方向を教えた。

一郎太らが雪を蹴立《けた》てて走り去った。

遠くから、

「節季ぞろ節季ぞろ、さっさござれやさっさござれや、せきぞろエッせきぞろ、まいねんまいねん」

の声が響いてきた。それも大勢の声だ。

「万両の大次郎め、逃げやがったな」

と呟くと見張り所を出た。

お香は島田髷《まげ》に雪が降り積もるのも構わず、未だ三十間堀に架かる木挽橋際に立っていた。

「笹塚の旦那」

「やってきたな」

「島抜けしてまで私に会いに来たのですか」

「万両の大次郎の胸の中《うち》は斟酌できぬ。だが、そなたに複雑な思いを残していることだけは確かだ」

「その昔、私は新助という万両の親方の手下に身請けされた身でございました」

「大次郎は、新助が麴屋の押し込みの一件をそなたに話したと思い込んでいるのだ」

「そんなこと」

「聞いておらぬか」

しばらくお香の返答には間があった。

「ありませんよ」

「お香、亭主と義母《おっか》さんと子供二人、それにこの店だ。今の暮らしを大事にしろ」

首肯したお香が、

「万両の親方はまた姿を見せますか」

笹塚孫一は万両の大次郎が消え、一郎太があとを追った河岸道を眺めた。一郎太らに捕まるとは考えていない。

勝負は内藤新宿、そう思っていた。

「隠し金を取り戻したとなると江戸を即座に離れよう。もはやここには姿は見せまい」

万両の大次郎は、お香にやった鉢植えの万両が甘味処のご神木のように植え替えられていることを、そして、甘味処の店の名が、

「まんりょう」

ということを知ったはずだ。

お香の胸の中は万両の大次郎に十分に伝わったはずだ。それでも笹塚は注意した。

「お香、たれから呼び出しがこようと亭主の側《そば》を離れるでない」

「はい」

お香が素直にも頷き、店に小走りに戻っていった。

笹塚孫一は河岸道を歩き出した。

ぴゅっ

と三十間堀から風が吹き上げ、雪が笹塚の小さな体に襲いかかった。

どどっ

と雪道を蹴立てて一郎太が走り寄ってきた。

「笹塚様、面目《めんぼく》ございません。島抜けを取り逃がしましてございます！」

笹塚は黙って一郎太の顔を見た。一郎太も見返したが、上役の顔に怒りの表情はなかった。

「節季候がぞろぞろと姿を見せやがって、万両め、その節季候の中に紛れ込んでまんまと逃げ失《う》せました」

「大方、節季候も、万両の大次郎の雇った者たちよ」

「あ、あの節季候がですか」

一郎太が取り逃がした現場を振り返った。

「一郎太、蠟燭屋の見張り所は仕舞いだ」

「もはや大次郎はお香のところに現れませんか」

「そうだな。われらは内藤新宿に全精力を投入する。そう心得て手配をいたせ」

「畏まりました」

一郎太が蠟燭屋へと走っていった。

万両の大次郎が勝負を賭けるとしたら今日明日だが、笹塚はまず大晦日《おおみそか》と踏んでいた。また南町奉行所も非番月が明日で終わる、なんとしても明日じゅうに決着を付けたいのは双方とも一緒だ。

雪の中、笹塚は木挽橋から内藤新宿へと足を向けた。

安永六年の最後の日の朝が明けた。

雪は降りやんでいたが、二、三寸積もった雪が江戸の町を白く染めていた。

この日、品川柳次郎は幾代にせっつかれて目を覚ました。

「大晦日ですよ。朝湯に参り、髪結い床に立ち寄りなされ」

「母上、何刻です」

「最前、明け六つの鐘が鳴りました」

「今日は内職もなし、ゆっくりと休ませてください。朝はまだ早い、未だ寒うございます」

「御家人の当主が暑い寒いではご奉公になりませぬ。そなた、お有様に会われるのでございましょう」

「昼下がりのことです。まだたっぷりと時間もございます」

この日、年の瀬の挨拶に椎葉家に行くことになっていた。

「いえ、光陰矢のごとし、うかうかしているとお有様がどこぞに嫁に参られますよ」

柳次郎は寝床から叩き出された。

仕方なく北割下水の東、横川沿いにある業平床《なりひらどこ》に行った。すると年内にさっぱりしようという連中がすでに三人待っていた。町人ばかりだ。

「おや、柳次郎さん、珍しいな」

業平床の親父の正助《しょうすけ》が、手拭いを提げた柳次郎の顔を見て言った。その口には元結があり、手には鋏《はさみ》があった。

「親方、知っているかえ。品川様では清兵衛さんも和一郎《わいちろう》さんも家をおん出てよ、こたび、異例にも目出度くも次男坊の柳次郎さんが跡を継がれたんだよ」

と将棋《しょうぎ》を指しながら順番を待っていた職人が言い出した。

時折り、地蔵蕎麦《じぞうそば》で顔を合わせる客だ。

「ほんとかえ」

業平床は柳次郎が幼少の頃より通っている髪結い床だ。大体どこの内情も承知のはずだが、親方は柳次郎が跡を継いだことを未だ知らぬ様子だった。

「目出度いことかどうかは分からぬが、ほんとのことです」

「確かに親父どのも兄貴も外に女を作っていなくなったんだよな。そんな事情で跡継ぎが認められるなんて、確かに異例だぜ。幕府なんぞは浅野《あさの》様以来、潰すのに忙しいものな」

「親方、赤穂《あこう》藩五万石と七十俵五人扶持の相続が一緒になるものか」

柳次郎はそう答えながらも破顔した。他人から言われるとやはり嬉しさがこみ上げてきた。

「だいぶ待ちそうだな」

「柳次郎さん、先に朝湯に行ってきな。順はとっておくぜ」

正助親方の言葉に、そういたそうかと、一旦床屋を出た柳次郎は、法恩寺橋近くの横川湯に向かった。すると横川から、

「柳次郎、仕事仕舞いか」

と声がかかった。

繕った作業着に袖なし、頬被りの竹村武左衛門《たけむらぶざえもん》が荷足舟《にたり》の上から叫んでいた。

破れ股引《ももひき》を穿《は》いた格好はとても武士の風体《ふうてい》とは思えない。

「仕事納めをしましたよ」

「なんだ、湯に行くのか。椎葉の娘と正月にでも会おうという算段か」

「竹村の旦那、正月ではないぞ。本日、椎葉家に挨拶に行くのだ」

「勝手にせえ」

　と怒鳴り返した武左衛門が、

「ああっ、独り者はよいな。おれは大晦日だというのに佃島《つくだじま》沖へ荷積みだ。海上は寒かろうな」

　と辺りに聞こえるような声でぼやいた。

「旦那、そなたのところは大所帯だ。しっかり働くがよい」

「黙れ、柳次郎」

　荷足舟は法恩寺橋下を潜って消えた。

　柳次郎が横川湯でその年の疲れを落とすように長湯をして業平床に戻ると、

「待っていたぜ、色男」

　と親方が迎えた。

「なんだな、色男とは」

「おれもぼけたかと反省していたところだ。品川家では、柳次郎さんが跡目を継いだだけじゃねえそうだな」

「他になにかござるか」

「ござるかじゃねえぜ。昔、北割下水に屋敷があった椎葉様のお嬢様とよ、柳次郎さんが所帯を持つという噂が、この界隈に流れているというじゃねえか」

「さようか」

「田舎の殿様じゃあるめえし、さようかはねえだろう。一体全体、本当のところはどうなんだい」

「親方、真実《まこと》にござる」

「ぬけぬけと言いやがったな。こっちに来ねえ」

とちょうど空《あ》いた席に座らされ、親方が柳次郎の髪を解き始めた。

「よし、おれが手間隙《てまひま》かけて在原《ありわらの》業平もどきの色男に仕上げてみせるぜ」

「親方、そう張り切らぬでもよい。相手はこちらが北割下水の貧乏御家人と重々承知ゆえな」

「それはそうだがよ」

と言った親方が、

「椎葉様は出世して北割下水を出られたんだったたな」

「学問所勤番組頭でな、御目見格だ」

「大したものだぜ。この溝臭《どぶくさ》いところから川向こうに屋敷替えなんて、滅多にあるもんじゃねえぜ」

と順番待ちの父っつぁんが口を挟んだ。

「だけど、柳次郎さんとこもよ、いずれ川向こうになんてことにならねえかえ」

「親方、ないない。お有どのも貧乏暮らしを承知で北割下水に参ると申されておるのだ」

「お有様は愛らしい娘御だったな」

「親方、芳紀《ほうき》まさになんとかで、お有どのは光り輝いておられる」

「こう、ぬけぬけと答えられると、こっちも突っ込みづらいぜ。柳次郎さんよ、おっ母さんを大事にするんだぜ」

「なんだ、突然」

「そうじゃねえか。この界隈の連中はよ、言っちゃ悪いが清兵衛さんの放蕩《ほうとう》も和一郎さんの悪さもすべて承知よ。だが、次男のおまえさんだけは母親の幾代様と内職に精を出して品川家を守ってきたんだ。時にはこんなご褒美《ほうび》もなくちゃ、世の中、つまらないぜ」

柳次郎は世間が品川家の内情まで承知だったかと改めて思い知らされた。

「おまえさんがぐれもせず幾代様大事にやってこられたのも、幾代様が偉かったからだ。いくら可愛い嫁さんが来たからといってよ、母親を邪険にするんじゃねえぜ、とおれは言っているのさ」

「親方の気持ち、品川柳次郎、素直にお聞きいたす。母者《ははじゃ》にこの話を伝えれば、涙を流して喜ばれような」

うんうんと親方が頷いた。

「それがし、母とお有どのを大事にいたすぞ」

「なによりのことだ」

親方は柳次郎の月代《さかやき》を剃《そ》り、髷を結い直してと、腕によりをかけて仕上げてくれた。

「色男、これでよ、椎葉有様の前だろうがだれの前だろうが、威張って出られるぜ」

その上、親方は、

「本日の髪結い代はおれの気持ちだ。ささやかだが祝いだ」

と受け取らなかった。

四

大晦日の夕暮れ、傘を差した品川柳次郎の姿が新宿追分界隈で見かけられた。陽が落ちて再び雪が降り始めたが、柳次郎は上気した表情で寒さなどどこ吹く風だ。

椎葉家を訪れると座敷に身内が全員顔を揃え、酒肴《しゅこう》の仕度もあった。すでに品川柳次郎はお有の婿《むこ》扱いだ。

当主の弥五郎は柳次郎の付き合いを改めて調べた様子で、確かに江戸の両替商六百軒を束ねる両替屋行司の今津屋吉右衛門、上様御側御用取次の速水左近、江都《とこう》一と評判の高い直心影流尚武館佐々木玲圓など錚々《そうそう》たる人物と付き合いがあることが分かった。ただの御家人にできることではない。

（これは尋常のことではないぞ）

品川家では当主の清兵衛が外に女を作って出ており、嫡男《ちゃくなん》もまた品川宿の遊女と一緒になって屋敷に戻る気配がない。かような場合、

「清兵衛不届き至極、奉公叶わず」

ということで品川家の家名断絶が命じられるはずだが、それが次男の柳次郎に無事相続されている。どうやら速水左近らが動いてのことらしい。品川家はただの御家人ではない、それが椎葉弥五郎の判断であった。そのためもあって柳次郎は温かなもてなしを受けた。

帰りには門前まで見送ったお有が、

「本所は遠うございます。途中で雪に降られると難儀いたします」

と傘まで貸してくれたのだ。

だが、それだけの理由で柳次郎が顔を上気させていたわけではなかった。昼前、業平床から品川家の傾いた門を潜ろうとすると、門内に結び文が投げ込まれていた。文を披《ひら》いてみると、

「品川柳次郎様、晦日夕刻内藤新宿追分界隈にてお会いしたし」

との女文字の誘い文だ。

投げ文の主はだれとも書いてない。

だが、過日、南町奉行所の知恵者笹塚孫一らと一晩宿場で過ごし、島抜けした万両の大次郎一味の出現を町方一同が待ち受けていることを承知していた柳次郎は、おそらくそのことと関わりがあると推測した。

そんなわけで柳次郎は内藤新宿をふらつくことにした。

柳次郎は先日笹塚孫一に案内された麴屋の店の跡地に佇み、汚く降り積もった雪の上に純白の雪が重なっていくのを見た。

(ここで明和八年に三人が亡くなる不幸があったか)

などと思案しながらも、柳次郎はついお有の面影を追ってしまった。数か月前まで、この柳次郎とお有どのが付き合いを始めるなど、どこのだれが想像したであろうか。

母上と二人で内職しながら家を守ったことを、天の神様が承知してかようなご褒美をくだされたのか。

(坂崎さんとおこんさん、早く戻ってこぬかな。まず二人に今の気持ちを伝えたいものだ)

と友との再会を考えた。

いつの間にか麴屋の空き地は真っ白な雪で覆い尽くされていた。

例年の大晦日、掛取りたちが右往左往している刻限だが、雪が降り寒さが募ってきたこともあって、急に人の往来が少なくなった。

内藤新宿は江戸府内《ふない》とは異なり、甲州道中の一の宿場だ。道中に関わる旅籠や食売旅籠が多い。さすがに大晦日ともなると旅の人は少ない。それだけに早仕舞いする店が多い。

柳次郎は内藤新宿追分を見渡した。

四谷大木戸方向から伸びてきた通りは、上町で西から南に鉤形《かぎがた》に転じる甲州道中と、真っすぐに進む青梅《おうめ》街道の二手に分かれる。それゆえ追分と称されるのだ。

南に転じた通りは左手に重宝院子安稲荷の前を通過する。そしてしばらく行くと柳次郎が佇む麴屋の跡地だ。さらに進むと玉川《たまがわ》上水に沿って街道は再び西南へと方向を転ずるのだ。

「どうしたものか」

と呟いた柳次郎は追分へと戻り始めた。

いつの間にか、刻限は五つ（午後八時）を過ぎていた。

柳次郎の前後に人影はない。

「品川さん、どうしたのでしょうな」

木下一郎太が、新宿追分の通りを見渡す天竜寺境内の山門に置いた見張り所で呟いた。

「たれぞと待ち合わせておる様子だな」

笹塚孫一が応じ、首を捻った。

「たれに呼び出されたか、声をかけてみますか」

「いや、ならぬ。万両の大次郎一味もすでに宿場に入っておるわ。われらが出てみよ、すべての策が海の藻屑《もくず》と消えるぞ」

「それにしても品川さん、なにを考えてのことか」

と独り言を吐いた一郎太が、

「そうか、椎葉有どのと待ち合わせですよ」

「椎葉の娘とならば屋敷で会うがよかろう」

「ですから、また椎葉弥五郎様が貧乏御家人にはやはり娘を嫁に出したくないとかなんとか言い出したんですよ。弥五郎様は八幡鉄之進の賭場騒動に際しても、娘を出世の道具に使おうとしたくらい欲張りですからね」

「一旦品川どのに娘をくれてやろうと決断したが、惜しくなったと申すか」

「まあ、そんなところではございませんか。そこで品川さんが善後策を講ずるべくお有どのを内藤新宿に呼び出した」

「そうかのう」

と笹塚孫一が頭を捻ったとき、品川柳次郎が麴屋の跡地から動き出した。

「笹塚様、どういたします」

笹塚はしばし思案した末、柳次郎の動きを止めるためにも一郎太に接触させようと思い直した。

「一郎太、仕事帰りの職人にでも扮して品川どのと会うてみよ。ああうろうろされては、万両一味も出難いわ」

笹塚の言葉に、南町奉行所から用意してきていた扮装の中から、股引、腹掛け、半纏《はんてん》に着替え、手拭いで吉原被りにして顔を隠した。

道具箱を担ぎ、山門の階段をすたすたと下りて、一郎太は玉川上水の流れに架かる土橋を渡った。

白く染まった宿場町を、柳次郎はぶらぶらと青梅街道の三叉路《さんさろ》へと向かっていたが、ふと考えを変えたようで子安稲荷、里の人には子育て稲荷とも呼ばれる境内に入っていった。

一郎太はどうしたものかと迷った後、子安稲荷の裏手に回り込んだ。

重宝院子安稲荷は通りから東の町屋に参道が延びて、鉤《かぎ》の手に北へ曲がったところに拝殿があった。

一郎太は拝殿の前に先回りしようと思ったのだ。

元々子安稲荷の参道には一里塚があったとかで、今では用なしになった一里塚が社殿の後ろに移されて雪をこんもりと被っていた。

一郎太は社殿回廊の軒下へと入り込んだ。

だが、柳次郎はなかなか社殿前へと姿を見せる様子がない。

いつしか天竜寺の時鐘が四つ（午後十時）を打ち出した。

雪はますます降り頻《しき》っている。時に数間先が見えないほどだ。

（品川さん、なにを考えてるのか）

寒さに震えながら一郎太は心の中で恨み言を呟いた。すると横殴りの雪の中にぼんやりと傘を差した柳次郎が姿を見せた。

「来た来た」

と一郎太はようやく接触できるとばかりに回廊下の闇から出ようとした。

そのとき、社殿の反対側の回廊下でなにやら動く気配があった。一郎太と同様、反対側に潜んでいる者がいた。

一郎太は動きを止め、息を殺した。

柳次郎は傘に積もった雪を参道に振り落とすと拝殿へと進んだ。一郎太の耳に柳次郎の打つ柏手《かしわで》が響いてきた。そして、

「子安稲荷様、それがし、品川柳次郎と椎葉有どのの末永き幸せを願い奉り候」

という声と、賽銭を投げ入れた音が響いてきた。

（どうしたものか）

一郎太はいま一つの気配を気にしながら、品川柳次郎と接触すべきかどうか迷っていた。

柳次郎は雪を避《よ》けて回廊上に上がったか。裏手からしばらく足音が響いていたが、不意に音が遠のいた。

さらにじりじりとした時が流れた。

突然、内藤新宿に半鐘の音が響き渡った。

「下町界隈で火が出たぞ！」

大晦日の火事だ。

一気に宿場じゅうが騒然となり、下町に向かって人々が走り出していく。

一郎太は迷った末に止まった。

参道に一つ、二つ、三つの人影が現れた。

拝殿前まで来ると、

「万両の親方、約定《やくじょう》どおり火を放って参りましたぜ」

と忍び声が報告した。

社殿反対側からむくむくと人の気配が起こった。

雪に紛れるように扮装を考えたか、伊勢参りの白装束の格好の二人が姿を見せた。

大男が二人、一人は大小の鞘《さや》や柄《つか》にも白布を巻いていた。一人は間違いなく万両の大次郎だった。

「伝馬《てんま》の鬼八《おにはち》、染井《そめい》の五郎蔵《ごろぞう》、落合《おちあい》の茂吉《もきち》、三人だけか」

万両の親方が訊いた。

「親方。三年前、竹《たけ》の野郎は前橋宿の賭場のいざこざで喧嘩《けんか》になり殺されましたぜ」

と伝馬の鬼八が答え、染井の五郎蔵が、

「親方、義弟の草太郎さんはどうなったえ」

と大次郎の腹心のことを訊き返した。

「それだ。島抜けの後、おれが東海道筋秋葉山に呼んで、この地での下働きを頼んだと思いねえ。それがなんとも不運なことによ、内藤新宿に戻ったところで争い事に巻き込まれ、命を落としたそうだ」

「となると、万両の親方にこの赤嶽、そして鬼八ら三人の都合五人が、六年半前の生き残りだな」

赤嶽多之助が念を押すように口を挟んだ。さらになにか言いかけた赤嶽を手で制した大次郎が、

「鬼八、おまえらにちいと頼みがある」

「なんだい、親方」

「島抜けから江戸入りまで助けてくれた仲間が三人いる」

「まさか仲間に加え、麴屋の分け前をそやつらに分けようという話じゃあるめえな」

と鬼八が先回りして訊いた。

「それがそうなのよ」

と赤嶽多之助が異を唱えるように言った。

回廊下から新たな三人の人影が姿を見せた。三人とも菅笠に手拭いで顔を隠し、白の手甲脚絆の白装束だ。

「島抜けと聞いたが、女が二人も加わっての暢気《のんき》旅か、親方」

鬼八が非難がましく言った。

「これには事情《わけ》があらあ。だが時間《とき》もねえ。ここは一番肚《はら》を決めて、承知かどうか返答しねえ」

「六年前の押し込みの分け前を、新たな仲間に分けられるものか」

それまで沈黙を続けてきた落合の茂吉が叫んだ。

重い緊張が境内を支配した。

「おい、そなたら、万両の大次郎一味だな」

品川柳次郎の声がいきなり回廊から響いた。一郎太も慌てて回廊下から飛び出した。

「なんだ、てめえは」

染井の五郎蔵が身構えた。

「そなたらの仲間、布田の草太郎を斃《たお》した品川柳次郎だ」

「なんだと。草太郎兄いをやった野郎だと。許せねえ」

伝馬の鬼八が柳次郎に迫った。

「待て、万両の大次郎と一統。南町奉行所定廻り同心木下一郎太である。神妙にいたせ！」

一郎太が叫んだ。だが、職人の形《なり》では迫力が足りなかった。

「なにやら、嫌な感じになったぜ。この場を一旦引き上げるぜ！」

逸早《いちはや》く不穏な形勢を察した万両の大次郎が叫び、

「おりゃ、嫌だ。七年近くもこの日を待ったんだ。親方、分け前をくれ。そしたら後腐《あとくさ》れのないように姿を消すぜ」

と伝馬の鬼八が叫び返した。

「鬼八、追分界隈に南の手が入っているのが分からねえのか」

「分かるものか」

と喚いた鬼八に赤嶽多之助が加担した。

「万両の大次郎、待っておったぞ」

笹塚孫一の声がした。一人だけだ。張り込みをしていた同心、小者は火事の現場に急行させていた。

「笹塚の旦那か」

と落ち着いた声で応じた万両の大次郎が、

「赤嶽先生よ、亀村様と一緒になってこの場を斬《き》り抜けて逃げるのが先だぜ」

と言った。さすが赤嶽も事情を見極め、

「致し方ないか」

と大次郎の指図に従った。

「鬼八、一旦引き上げじゃぞ！」

貫禄を取り戻し、気迫の籠った万両の親方の声が響いた。

柳次郎と一郎太が笹塚孫一のもとに走り寄った。だが、万両の大次郎一味は女二人を含めて八人だ。多勢に無勢、一郎太は道具箱から持ち出した金槌《かなづち》を構えている。

「笹塚の旦那。死にたくなけりゃあ、道を開けな」

「こたびの行動で、てめえらが内藤新宿追分界隈に麹屋の千両箱を隠したことははっきりとした。今宵逃げ出せば、もはや手に入らぬぞ。おれが意地でもこの界隈に見張り所を置く。何年だろうとな。てめえらは宝の山を前によだれでも流してやがれ」

と南町奉行所年番方与力とは思えぬ伝法《でんぽう》な口調で言った。

「親方、おれはもう何年も待ちたくねえ」

落合の茂吉がこの場から逃げ出すことを拒んだ。

「どうする気だ、茂吉」

「知れたことよ。こやつら三人叩っ殺して、千両箱を引き上げるのよ。おれたちが起こした火事騒ぎの間が勝負だ」

万両の大次郎が迷ったように沈思した。

「よし、決めた」

万両の大次郎が腰の長脇差の柄に手をかけた。その鞘にも白布が巻いてある。

「万両の親方、それならばこやつらの始末、おれに任せよ」

赤嶽多之助が豪剣を抜き、三人の前に出た。

笹塚孫一が小柄な体に田楽《でんがく》刺しにしている剣を抜き、柳次郎もそれに倣《なら》った。

一郎太は金槌だ。

「くそっ！　一郎太、品川どの、ぬかるでないぞ」

と笹塚がへっぴり腰で叫んだ。

構えを見ただけで赤嶽の腕前が分かったのだ。

赤嶽に威嚇《いかく》され、三人は雪の参道に押し出された。

「お待ちあれ」

万両一味に箱根で加わったという亀村作之助が、
すいっ
と連れの女の手を引いて、赤嶽の前に出た。

「いささか理由があってな、そなたらの一味を外れる」

亀村が菅笠の紐《ひも》を解くと、頬被りした白手拭いも剝《は》ぎ取った。すると常夜灯と雪明かりに髭面《ひげづら》が浮かんだ。

「坂崎さん！　文をくれたのは坂崎さんですか」

柳次郎が嬉しそうに叫んだ。

「どうしてこやつらと一緒なんです」

一郎太も破顔して訊いた。

「偶然です。おこんさんが、江戸市中に火事がないよう、秋葉山にお参りしたいと言い出しましてね」

「な、なんと」

と言い出したのは万両の大次郎だ。

「それがしとおこんさんは、秋葉山で雨に降り込められたため、一夜、秋葉山の社殿にお籠りしたのです。すると夜中に万両の大次郎親方と腹心の草太郎の二人が拝殿の外で落ち合い、島抜けから内藤新宿に戻ることなどをぼそぼそと打ち合わせるところに行き合わせた」

「なんだ、おぬし」

「な、なんと間がよいことに」

と驚きの声で喜んだのは笹塚孫一だ。

「おこんさんと二人、万両の親方一行につかず離れず、江戸に向かいました。箱根の裏関所を越えようというところを、前もって雇った箱根名物の山賊連中に襲わせました。そこへわれら二人が通りかかった体《てい》で助勢に入り、一味に加わったというわけでござる」

「坂崎どの、さすがわが朋輩《ほうばい》じゃ。よう内藤新宿までこやつらを案内して参ったな」

と笹塚孫一が急に元気を取り戻して叫んだ。

「笹塚様、かねて申し上げているように、それがし、南町奉行所の役人ではございませぬ」

「おおっ、承知しておるわ。そなたは江都に名高き直心影流尚武館佐々木玲圓道場の後継坂崎磐音である」

「因州池田家の家臣亀村作之助ではないのか！」

と万両の大次郎が地団太を踏んで悔しがった。

「万両の親方、騙して済まぬな。されど川崎宿外れで、そなたの島抜け仲間の亮達、鮫次、春吉を裏切ったのはよくないぞ」

　磐音の声はあくまでのんびりと響いた。

「斬ったのはおまえさんだぜ」

「いや、斬ってはおらぬ。峰打ちでな。赤嶽多之助どのが疑うといかぬで、気絶したところに浅手を負わせ、刃に血糊《ちのり》をつけておいた」

　大次郎が呻《うめ》き、笹塚が破顔して、

「あの三人、南町奉行所が身柄を確保しておるぞ」

　と言い放った。

「おのれ、小汚い策を弄《ろう》しおって。佐々木玲圓の後継がなんだ、おれが叩っ斬る！」

　赤嶽多之助の剣の切っ先が磐音に向けられた。

「おこんさん、下がっておられよ」

　磐音がそう言うと、機転を利かせた柳次郎がおこんの手を引いて後ろに下げた。

「赤嶽の旦那、任せたぜ」

　伝馬の鬼八が鼓舞した。

　磐音は柄元に白布を巻いた備前包平《びぜんかねひら》二尺七寸（八十二センチ）をそろりと抜い

た。

「赤嶽の旦那、こうなりゃあ、おれも助勢するぜ」

島抜けの大罪を犯した万両の大次郎も、長脇差の切っ先を赤嶽に揃えた。万両の大次郎の形相《ぎょうそう》が酷薄な悪党面に一変していた。

「よし、こやつを斬ってひとまず立ち退《の》くぞ」

磐音は正眼《せいがん》に包平を置き、等分に見た。

「坂崎、こやつら、麴屋で何千両も盗み、島抜けまでいたした大罪人じゃぞ。生きて捕らえてもどうせ獄門死罪は免れぬわ」

と笹塚が磐音を唆《そそのか》すように叫んだ。

磐音は天然神道流の剣友という二人の技量がなかなかのものだと察していた。そう楽に斃せる相手ではない。

二対一。

間合いは雪道一間半。

睨み合いがしばし続き、遠くから、

「火事は鎮まったぞ!」

という声が聞こえてきた瞬間、大次郎が間合いを一気に詰めて死地に踏み込んできた。

磐音は動かない。

引き付けるだけ引き付けて正眼の包平を大次郎の左肩に落とした。大次郎の長脇差が翻《ひるがえ》って磐音の胴を抜こうとした。

だが、後《ご》の先《せん》。

磐音の包平が大次郎の首筋をしっかりと捉《とら》え、躊躇なくしたたかに刎《は》ね斬った。

ぱあっ
と雪に血飛沫《ちしぶき》が舞うのが見えた。

「ぎゃあっ」

磐音は斃れる大次郎には目もくれず、横手に飛んで赤嶽多之助の正面に立った。

「ござんなれ！」

巨漢の赤嶽多之助が据物斬《すえものぎ》りとばかりに上段の豪剣を、正面に飛び出してきた磐音に振り下ろした。

そより
包平が戦《そよ》いで翻り、巨《おお》きな胴に吸い込まれるように流れた。

「げげえっ！」

赤嶽が立ち竦み、

どどっ

と巨岩が崩れ落ちるように子安稲荷の雪の参道に倒れ込んだ。

磐音が一歩引き、包平の血振りをした。その大帽子《きつさき》がくるりと回され、伝馬の鬼八らに向けられ、

「一歩でも動くと容赦はせぬ」

と静かに宣言した。すると万両の大次郎一味と、三宅島から従ってきたおきちが茫然自失したまま、

がくがく

と頷いた。

伝馬の鬼八ら押し込み仲間三人が雪道にがっくりと膝を突いた。

「ふうっ」

と笹塚孫一が溜息《ためいき》をつき、おこんが、

「笹塚様、品川様、木下様、ただ今二人して永の道中から江戸へ戻って参りました」

と挨拶した。

第四章　元日の道場破り

一

内藤新宿に、安永六年から七年へと時が移りゆく除夜の鐘が鳴り響いていた。人の往来もない雪道を、南町奉行所の知恵者与力笹塚孫一と坂崎磐音は、番屋から再び子安稲荷に向かって黙々と歩いていた。

雪がやみ、深々とした寒さが宿場を見舞い、それがために降り積もった雪が凍り始めていた。

おこんには品川柳次郎と奉行所の小者《こもの》が従い、駕籠で今津屋に送り届けられることになった。

おこんは豊後《ぶんご》関前《せきまえ》行きに際し、今津屋を辞していた。したがって帰るべきところは、父親金兵衛《きんべえ》のいる深川六間堀のはずだが、お佐紀の出産には自ら手伝いたいという願いがあった。そこで今津屋に向かったのだ。

磐音はおこんを送り出すと、万両の大次郎一味の後始末のために内藤新宿に残ったのだ。

万両の押し込み仲間が放った火付けは、発見が早かったことと雪が降り続いて家並みが湿気《しけ》っていたこともあって大事に至らなかった。

その火事場から歌垣彦兵衛が子安稲荷に駆け付けてきて、万両一味がお縄になった。そして、大次郎、赤嶽多之助の亡骸《なきがら》とともに番屋に移した。

その後、伝馬の鬼八らの下調べが笹塚の手によって行われたが、鬼八らは押し込みの後、この夜の再会を約して万両の大次郎と別れたと答えたものだ。

「麴屋から盗み出した金子はいくらあった」

「千両箱五つと布袋に数百両の一分金でございました」

「その金子はどうした」

「へえっ」

「申せ」

「子安稲荷の池に放り込んで隠したので」

「なにっ、稲荷社の境内にそのような池があったか」

「笹塚様、ございました」

と言い出したのは歌垣だ。

「土地の者は稲荷の亀池《かめいけ》と呼んでおりました。玉川上水の水を地下で引き込み、亀が沢山飼われておりました」

「歌垣、その池どうなったな」

「確か押し込みがあった二年後に潰され、今、梅の木なんぞが植えられていますす」

「ならばその池が潰されたとき、千両箱が見つかっておろうが」

笹塚の視線が伝馬の鬼八らに向け直された。

「旦那、あんとき、万両の親方一人が最後まで残ったんで」

「隠し場所を変えたと申すか」

「親方はわっしらにはなにも言いませんでしたが、内藤新宿のどこかに隠れ家を持ってましたよ」

「大次郎はおまえらが亀池に放り込んだ千両箱を、密かに別の場所に移したか」

「用心深い親方でしたからね、ありえまさあ」

「義弟の草太郎に手伝わせたと思うか」

そのとき、義弟の草太郎を下町の植木屋に住み込ませていたのだ。

「いや、親方のことだ。一人でやったろうよ。だからこそ、わっしらも五十両の路銀を貰い、永の旅に出たんだ」

「なるほど」

「お役人、あれほど慎重な万両の親方がなんで奉行所に捕まり、島送りになったか分からねえや」

「仲間の新助がこの宿場の食売《めしもり》に惚れ込んで身請けした。その行動を内藤新宿に残った大次郎が気付き、始末した。その女の口も封じようとしてわれらの罠《わな》にかかったのだ」

「それで得心がいったぜ。それほど用心深いのさ」

「おまえら、万両の大次郎が島から戻ってこられないとは考えなかったのか」

「親方のことだ。生きてこの世にあるかぎり必ずこの日に内藤新宿に姿を見せると思ってましたぜ。実際、島抜けして姿を現したんだ」

「あやつ、草太郎を通じて赤嶽多之助には、押し込みの後もなんぞ連絡《つなぎ》の方法を持っていたと思える。島抜けした万両が最初に呼び寄せたのが草太郎だからな」

「旦那、そんなことよりおれが許せねえのは、島抜け仲間を三人もこの内藤新宿まで連れてきたことだ」

「島抜け仲間はおきち一人だ」

「そうか、あの侍夫婦は奉行所の回し者だったか」

と鬼八が勝手に納得した顔をした。

「鬼八、五郎蔵、茂吉、もう一度訊こうか。千両箱はどこへ隠した」

「へえ、ですから池に放り込んだんで。隠し直したとしたら親方しか知りませんぜ」

と鬼八ら三人は言い切った。

そこで笹塚孫一は坂崎磐音を誘い、再び子安稲荷にあったという亀池の跡を確かめようと考えたのだ。

「そなた、大次郎を斬るのを早まったぞ」

磐音は肩の辺りにちょこちょこと動く陣笠を見下ろした。

「笹塚様は確か、生きて捕らえても獄門死罪は免れぬと、それがしを唆すように叫ばれましたな」

「だが、このようなことになろうとはな」

と答えた笹塚が、

「おれはそなたが大次郎を斬った胸の中《うち》が分かるぞ。あやつ、悪人になりきれぬ悪人だったからな。生まれ在所の布田でも流された三宅島でも、孝心の人として人望があった。だがな、考えてもみよ。あやつが麴屋に押し込みに入らなければ、麴屋宣左衛門夫婦も番頭も死ぬことはなかったのだ」

「いかにもさようです」

「あやつ、三宅島で妻《めと》を娶り、おきちという妾《めかけ》を抱え、立派な家に住んで好き放題に暮らし、島抜けの日を待ち受けていたのだ」

磐音は、短い付き合いながら大次郎の魅力を承知していた。それだけに、

(いずれ死罪ならば)

との気持ちが働いての一撃になったのだ。

二人は子安稲荷の鳥居の前に戻ってきた。

「池があったのはこの辺りだ」

笹塚孫一は歌垣彦兵衛と話し合って昔の記憶を蘇《よみがえ》らせたか、稲荷社の境内の鉤の手に曲がる南側、玉川上水のせせらぎが聞こえる場所を指した。そこには何本も梅の木が植えられ、雪を被っていた。

「伝馬の鬼八が申すように、千両箱の隠し場所は万両の大次郎一人の胸の中にしかないのか」

磐音は頷いた。そして、考えた。

五つの千両箱を池の底から引き上げ、他の場所に移すことは至難の業だと。だが、大次郎はそれをやりぬいたのだ。だからこそ、池が潰されたとき、千両箱は見つからなかったのだ。

天竜寺の境内で打ち鳴らされる煩悩を浄《きよ》める鐘の音は終わりに近付いていた。

ということは新玉の年がそこまで来ていた。

「どこにあやつは担ぎ出したか」

「あの折り、笹塚様方は内藤新宿にどれほど逗留なされておられましたな」

「押し込みがあって火事が重なり、三人が死んだ大騒動じゃ。ひと月以上はこの地にいたぞ」

「その間、万両の親方は息を潜めているはずでございますね」

「だが、手下《てか》の新助がお香を身請けするという派手なことをいたしたゆえ、われらに目を付けられた」

「捕まっても隠し金のことは一切吐かなかったのですね」

「それどころか、麴屋の押し込みなんぞ知らぬ存ぜぬの一点張りだ。牢問いを許したが、頑強に拒みとおした。確かな証を揃え切れなかったおれの負けじゃ」

その結果、島送りで決着が付けられたのだ。だが、騒ぎは終わりではなかった。

「笹塚様、この境内、六年半前と変わったのは池が消えたことだけですか」

「待てよ」

磐音の問いに笹塚が長いこと考え込んだ。さらに稲荷社の拝殿前へと歩き、次には参道を伝って追分の通りまで戻った。

「騒ぎで駆けつけたとき、ここに一里塚の跡が残っていたな。一里塚はもう少し伝馬宿のほうに戻ったところに移動させられたのだ」

笹塚が指したところには手洗場が設けられていた。参詣《さんけい》の人や甲州道中を上がってきた旅の者が口を漱《すす》ぎ手を洗い、子供が水遊びできるようにだ。

「こちらでしたか」

土地の紋蔵が姿を見せた。

そのとき、除夜の鐘を撞《つ》き終えたか、

わあっ!

という歓声が天竜寺から上がった。

「紋蔵、一里塚が大木戸に寄ったほうに移されたのは、六年半前の騒ぎの前だったな」

「へえっ」

と答えた壮年の御用聞きが、

「正しくは、ここの一里塚はうっちゃられて、あちらに新しい一里塚が、麴屋の旦那方の寄進でできたんですよ」

「ほう、麴屋宣左衛門らが関わっておったか」

「あの頃は宿場を外され、寂れておりましたからね。それで宿場再興の願いも込められてのことでした」

「ここにあった一里塚はどうなったのですか」

と磐音が長閑《のどか》な口調で訊いた。

紋蔵は笑みを浮かべた顔を、六年半前の騒ぎにけりをつけた当人に向けた。

紋蔵は江戸で名高い尚武館佐々木玲圓道場の後継者が穏やかな剣客であることに驚きを禁じえなかったのだ。

「その昔、玉川上水の作事で使い残された石に、一里塚の文字を彫り込んだだけの風情《ふぜい》のないものでしたがな。だれが言い出したんだか、捨てるのは勿体《もったい》ない、と稲荷社の裏手に運んで鎮座させましたんで。ご覧になりますかえ」

「見せてくだされ」

磐音の返答に紋蔵が雪駄《せった》の音を雪道にサクサクと響かせて案内していった。すると重宝院と稲荷社の間に、石垣と土をこんもりと積んだ塚があり、ひょろりとした松が生えていた。

「昔は風情のねえ一里塚でしたがね、雪のせいか、なかなかのもんじゃござんせんか」

と紋蔵が感心するように眺めた。

雪明かりに浮かぶ旧一里塚は確かに歳月を経て、なんとなく景色に溶け込んでいた。

「なかなかだな」

と答えた笹塚が、

「紋蔵、たれがこんな石積みまでやったのだ」

「さあて、わっしら、新しい一里塚には目がいっても、うっちゃられた一里塚にはなんの関心もございませんでしたから、つい」

と首を捻った。

磐音は一里塚の周りをぐるりと回った。せいぜい一周三十歩ほどの塚だ。石垣を上がり、一里塚の裏手に回った。

磐音は塚石に凍りついたようにへばりついた雪を手で払った。すると塚石の裏手に隠されたように文字が刻まれていた。

「内藤新宿下町裏植鉄」

とあった。

「笹塚様、この地に移した者かどうか、植鉄の名が刻まれておりますぞ」

「なにっ」

小柄な笹塚孫一が石垣を這い上がり、磐音が指す塚石の裏を眺めて考え込んだ。

「万両の大次郎の義弟草太郎が一時潜り込んでいた植木屋の鉄三が、この塚の保存に関わったとは、どういうことじゃ」

と笹塚が独白して、

「掘り起こすか」

と呟いた。

「どうしてもとなりゃ、笹塚の旦那、だれぞを叩き起こしますがね」

紋蔵が応じた。

「紋蔵、一里塚がこんな格好になったのは麴屋の押し込みのだいぶ後か」

「さあてねえ。最前も申しましたが、まったく覚えがねえんで」

「紋蔵、新年早々だが、人手を集めよ」

「へえっ」

平然と笹塚孫一の命を聞いた紋蔵は、すぐさまその場から姿を消した。

本来ならば寺社奉行の許しがいった。だがあれだけの大騒動だ。それに何千両もの隠し金が関わることだった。

笹塚は寺社奉行には後々、南町奉行の牧野から断りを入れてもらおうと考えた。

「やはりな。坂崎どのは南町奉行所の守り神じゃ。子安稲荷より霊験《れいげん》あらたかかもしれぬ」

ぼそりと笹塚が呟く。

「ただ働きかもしれませぬが」

「いいや、違うな」

確信を得たような笹塚孫一の返答だ。

「なぜそう申されますな」

「南町の知恵者与力とか牧野様の懐刀《ふところがたな》などと言われているが、六年半前、麴屋の一件を落着に導けなかったのは、この笹塚孫一の手腕のなさだ。おれにとって喉に深く刺さり込んだ、苦い思い出だ。それを、東海道筋から離れた秋葉山で手繰《た ぐ》り寄せたのは、たれあろう坂崎どのだ。事情も知らないながら、ようも江戸まで、この笹塚孫一のもとまで細い糸を繋《つな》いでくれたものよ。ここには必ずや麴屋の一件を解決に導くなにかが隠されているはずだ」

「後でなにも出てこなかったときが怖うございますな」

と笑った磐音が、

「それにしても、笹塚様、木下どの、品川さんと、それがしの知り合いが一堂に顔を揃えておられようとは驚きました」

「呼び寄せたのはそなたであろう。一度は南町奉行所に、さらには北割下水の品川柳次郎のもとへと投げ文を届けさせたのは、坂崎磐音当人であろうが」

「箱根で万両の大次郎親方の一味に潜り込んだはよいのですが、赤嶽多之助どのに疑いの目を向けられ、なかなか連絡の方法がつきませぬ。そこでおこんさんやそれがしが道中で出会った信頼できそうな旅人に、赤嶽氏の隙《すき》を見て口伝《くちづ》てで用件を伝えたのです。それが笹塚様と品川さんのもとへなんとか届いたようですね」

「万全の言伝《ことづて》ではなかったがな」

と笹塚孫一が答えたところへ、紋蔵が鳶の連中や手下を四、五人連れて走り込んできた。それぞれ鍬《くわ》や鋤《すき》やもっこを手にしていた。

「笹塚様、どういたしますか」

「この一里塚を掘り起こせ」

「合点だ」

酒が入っている様子の鳶の連中が、雪を被った一里塚に最初の鍬を入れた。

「硬《かて》えや。土が凍ってやがる」

「土の表面だけだ。しっかり鍬を入れてくんな」

鳶の面々が寒さを吹き飛ばすように鍬や鋤の刃先を土に叩き付けた。

「品川さんはどこか変わったように感じましたが、なんぞございましたか」

品川柳次郎はおこんを今津屋まで送り届ける役を自ら望んで引き受けていた。

「まあ、この半年、身辺に大いなる変化があった」

「ほう」

「まず、品川家の廃絶がほぼ決まったところへ大いなる展開があってな、次男坊の柳次郎どのが御家人品川家を継ぐことになったのだ」

「それは目出度い」

笹塚孫一が品川家相続の騒ぎの顚末《てんまつ》を語り聞かせた。

旧一里塚の掘り起こしが長い時間かかるのは分かっていた。その作業の様子を眺めながらの会話だ。

「だが、驚くのは早いぞ」

「まだなんぞございましたか」

「あった。その昔、北割下水に椎葉弥五郎どのと申される御家人が住んでおったそうだ。品川家とは親しき交わりをなしていたそうだが、学問所勤番組頭に出世して平川町に屋敷替えになったと思え。その椎葉家にお有どのと申される娘御がおってな、なかなかの美形である。品川どのは、内職の品を届けるために両国橋を渡っておって、偶然にも再会したのだ」

「それで」

「その先が聞きたいであろうな」

「はい」

「幼馴染みの品川どのとお有どの、どうやら所帯を持ちそうな話に進展しておるのだ」

磐音は友の吉事に胸が熱くなった。

「ようございましたな」

「実によい話ではないか。あの者、最初に会うた頃は頼りない御家人の次男坊であったが、そなたと付き合うようになってなかなかしっかりとした青年武士に育ったわ」

「それがしのせいではございません。品川さんが持って生まれた気性にございます。それに母御の幾代様もおられます」

「あの母御、竹村武左衛門などは始終叱《しか》られておるほどのしっかり者じゃからな」

と笹塚孫一が笑ったとき、鍬の刃先が固いものに当たった音を響かせた。

「なんぞあったか」

「笹塚様、大当たりですぜ」

と塚の上から紋蔵が叫んだ。

「元旦早々、千両箱が姿を見せやがった」

「よし、麴屋の一件、これで幕を下ろせる。万両の大次郎にようやく勝ちを納めたぞ！」

と言う笹塚孫一の誇らしげな声が稲荷社に響き渡った。

そして、安永七年（一七七八）の新玉の微光が、内藤新宿旧一里塚の掘り起こし現場に射し込んできた。

「笹塚様、おめでとうございます」

「ほんに目出度いな」

笹塚と磐音は二重の喜びを短い言葉に込めて言い合った。

二

数寄屋橋の南町奉行所年番方与力の御用部屋に、内藤新宿子安稲荷社地の旧一里塚から発見された五つの千両箱が積み上げられていた。

「ふうーっ」

地中から運び出され、水で外側を洗われた千両箱に目を落とし、笹塚孫一が満足げな表情を見せた。

すでに新玉の年が始まって刻限は四つ（午前十時）過ぎだ。

坂崎磐音は大八車《だいはちぐるま》に載せられた五つの千両箱に従い、数寄屋橋まで下ってきた

ところだ。門前で別れの挨拶をしようとすると笹塚が、

「元日早々すげなく別れるものではない。ここまで付き従うてくれたのだ。御用部屋まで運び込むのを見届けよ」

と強引に御用部屋まで連れていかれた。

大晦日の深夜まで掛取りに走り回っていた町衆は未だ床の中、元旦の朝寝の最中だが、武家方は違った。

元日の御礼登城は徳川一門と譜代《ふだい》大名が城中に上がった。外様《とざま》大名や直参旗本も三が日の組に振り分けられ、御礼登城した。だが、それも御目見《おめみえ》以上、まかり間違っても町奉行所与力同心に声はかからない。

笹塚孫一は例年なら御礼登城が恙無《つつがな》く行われるよう御城内外の警護の指揮をとるのだが、今年は格別の春になった。

奉行所内は大半の与力同心が警護に出て森閑としていた。

所内に残っていた役人が、年番方与力の部屋に千両箱が運び込まれたというので覗きに来た。そして、五つの箱を見ながらにやにやと笑う笹塚孫一を見て、

（えらく機嫌がよろしいぞ）

と眺めていった。

玄関のほうで緊張が走り、廊下に足音が響いた。

「戻られたか」

と笹塚が呟き、御用部屋の外の廊下に烏帽子《えぼし》、大紋《だいもん》の南町奉行牧野成賢が姿を見せた。

「笹塚、積年の恨みを晴らしたようじゃな」

牧野が、薄縁《うすべり》が敷かれた畳の上に二段に積まれた千両箱を、

「これがそうか」

とこちらも満足げな表情を浮かべて見た。

「お奉行、長年お待たせ申し恐縮至極にございました」

「麴屋宣左衛門方の金蔵から盗まれたものに相違ないな」

奉行の問いも矢継ぎ早だ。

牧野と笹塚の二人は、この一件では所内の静かなる批判の目に晒《さら》されてきた者同士だ。

「お奉行、箱には麴屋の上書きもございますれば間違いございません」

「うーむ、中身はどうじゃな」

「こればかりはお奉行の目の前で確かめとうて、未だ開けておりませぬ」

「ほう、掘り出した姿で持参したと申すか」

「外は泥に汚れておりましたゆえざっと洗いましたが、その他は手付かずです」

「笹塚、そなたが開けよ」

「はっ」

笹塚が上書きに天和《てんな》三年（一六八三）と記された千両箱の錠前を抜いた。長年地中に眠っていたせいで上蓋《うわぶた》がこびりつき、音を軋《きし》ませて上げられた。すると障子越しに射し込む新春の光に、五十両ずつ帯封された小判が鈍い光を放った。

「おおっ」

と牧野成賢の口から感嘆の声が洩れた。

「お奉行、さすがは内藤新宿の老舗《しにせ》、五代綱吉様以前の慶長《けいちょう》小判にございますぞ」

「見事かな」

二人はしばし千両箱に見入っていたが、笹塚は残りの四つの蓋《ふた》も開いて確かめた。どれも中身がきっちりと詰まっていた。

「笹塚、残念であるな」

「と仰せられますと」

「麴屋には幼い遺児がおったな」

「太郎吉は当年とって十二に相成り、宣左衛門と一緒に焼死した女房おなかの実家に引き取られております」

「となれば太郎吉に知らせ、この埋蔵金を返還せねばなるまい」

「いかにもさようでございます」

南町奉行所の切れ者与力笹塚孫一は、探索で押収した金品のうち、所有者が明白でないものや返還者が不分明な金子の一部を、奉行所の探索費用として密かに組み入れていた。

本来、そのような金子は幕府の勘定所に差し出す金子だ。だが、幕府の内所が苦しくなった安永期（一七七二～八一）、町奉行所の探索費は十分ではなかった。そこで笹塚孫一ならではの荒業を駆使して、このような方法で不足分を充当していた。

奉行の牧野も、笹塚がびた一文懐に入れておらぬことを承知していたため黙認していたのだ。

「お奉行、残念ながらこの金子、麴屋の再興の元手になりましょうな。三が日が明けたら太郎吉を、五人組、親類同道の上で呼び出します。お奉行の手からご返還くださりませ」

「うーむ」

と牧野成賢が頷き、御用部屋の隅に控える白装束の坂崎磐音を見た。

「おや、そなたは坂崎どのではないか」

牧野の口調は佐々木玲圓の後継となる磐音に対して丁重だった。

「お奉行、忘れておりました。こたびの一件、坂崎どのの巧妙なる手引きで解決いたしましたものにございます」

と笹塚が縷々《るる》、磐音とおこんが万両の大次郎一味に加わった経緯《いきさつ》と活躍を告げた。

「坂崎どの、いつものことながら南町に一方ならぬご尽力をいただき、お礼の申しようもござらぬ。坂崎どのとおこんどのにはなんぞ褒美を考えねばなるまいな、笹塚」

「お奉行、いかにもさようでございます。しかし、なにしろこれまでの深川六間堀の裏長屋暮らしと異なり、江都一の尚武館佐々木玲圓道場の後継にございますれば、はたしてなにがよいのか、頭の痛いことにございます」

「そなた、南町の知恵者であろうが、とくと考えよ」

「はあ」

二人の会話をよそに磐音が、

「牧野様、新年明けましておめでとうございます」

と挨拶した。

「おお、千両箱に気をとられ、うっかり慶賀の挨拶も忘れておったわ。牧野成賢、小判の色に平静を失うようでは、未だ修行が足りぬな」

と満足そうに洩らした牧野が、

「新年めでたいな」

と磐音に返礼した。

「本日、城中で速水左近様にお目にかかり、そなたらの帰りが遅いと話したばかりであった。今小町のおこんさんと坂崎どのの江戸帰着で、御府内《ごふない》も晴れやかになるな」

「いかにもさようでございます」

とこちらも晴れやかな笹塚孫一が返答した。

「牧野様、笹塚様、それがし、これにて失礼いたしとうございます」

「そなた、もはや帰るべき長屋はなかろう。佐々木道場に参るか」

「最前からそれを迷っているところですが、まずはおこんさんがおられる今津屋に立ち寄って、万事はそれからと考えております」

「血が飛び散った装束で今津屋を訪れるは憚《はばか》りもあろう。どうじゃ、奉行所の湯で旅の汗と埃《ほこり》を落としていかぬか。着替えは用意させる」

と笹塚孫一が言い出し、

「おお、それはよい考えかな。坂崎どの、そうなされよ。元旦から町奉行所の初湯も話の種じゃぞ」

と牧野も笑みの顔で勧めた。

「なんとも不思議な年の初めになりそうです」

磐音は快く受けることにした。

牧野が立ち上がり、今一度千両箱の小判を眺め、

「万両が盗み出したる五千両七年を経て戻りたり、新玉の春めでたくもありめでたくもなし。とまあ、南町の知恵者与力どのの胸中を察して詠《よ》めり」

と上機嫌で呟くと退室していった。

坂崎磐音は、今年も立派な門松が飾られた今津屋の閉じられた大戸の前に立ち、

通用口を潜《くぐ》る前に両国西広小路の賑わいを見た。

広小路には初詣《はつもう》での人々が大勢行き交い、すでに年始の酒に足元がふらついた羽織袴の老人もいた。その間を縫《ぬ》って晴れ着の子供たちが凧揚《たこあ》げをしていた。

磐音が川風の吹く大川の上に景気よく舞う凧を、

「一つふたつ」

と数えていると、中から小僧の宮松が勢いよく飛び出してきた。

「お武家さん、元日はどこのお店も休みにございますよ」

と顔も見ずに言うと、広小路の空に舞う凧を見上げた。

「宮松どの、おめでとうござる」

「えっ」

と振り向いた宮松が、

「坂崎様だ、坂崎様が戻られましたよ！」

と店の中に首を突っ込み、叫んだ。

「宮松どの、正月早々騒ぐものではござらぬ。まだ寝ておられる方もおられよう」

磐音は店の広土間に入った。いつもなら大戸が開かれ、大勢の客で賑わう店の玄関も、帳場格子など処々方々に鏡餅《かがみもち》が飾られ、正月気分だ。

奥から今津屋の大所帯を仕切る老分番頭の由蔵が飛び出してきた。

「坂崎様」

その声が店から奥へと響き渡り、広い今津屋じゅうが急に慌ただしくなった。

「老分どの、長々と江戸を留守にいたし、迷惑をおかけいたしました。坂崎磐音、ただ今帰着いたしました」

「坂崎様、よう戻られましたな。おこんさんが内藤新宿から駕籠で帰ってこられたのもびっくり仰天いたしましたが、おこんさんと品川様に話を聞けば、なんと島抜けの一味に加わって芝居もどきの江戸帰着というではございませんか。さすがは坂崎磐音様、団十郎もびっくりの、驚き桃の木山椒《さんしょ》の木ですぞ」

と由蔵が言うところにおこんが飛び出してきた。

深夜に戻ったはずのおこんだが、初々しくも島田髷に結い上げ、紅白粉《べにおしろい》を刷いて京友禅の晴れ着を着ていた。

「おまえ様、お戻りなされませ」

三つ指を突いたおこんが武家の嫁の挨拶をなした。

「うーむ、ただ今戻った」

坂崎磐音は腰の包平《かねひら》を抜くとおこんに差し出した。

「さっぱりとした形《なり》でございますね」

おこんが不思議そうな顔で訊く。

「内藤新宿から南町奉行所に参り、奉行の牧野様にお目にかかった後、正月早々南町の湯に笹塚様とご一緒した」

「それはまた無骨な湯屋で初湯を使われましたな」

と由蔵が呆れた。

「まあ、江戸広しといえども、奉行所の湯に浸《つ》かる経験をなされた方はそうございますまい」

「大勢の役人方が使われるゆえ、なかなか立派な湯にござった。おこんさん、下帯からこの羽織袴まで奉行所の借り着です」

磐音は両手で羽織の袖を引っ張ってみせた。

「まあ」

とおこんが呆れ、

「ささっ、そのようなことは奥で奥で」

と由蔵が磐音の手を引っ張り、上がりかまちに上げた。

奥の広座敷にはすでに元旦の朝餉《あさげ》を兼ねた昼餉《ひるげ》の馳走《ちそう》の用意ができていた。

今津屋も大晦日は、表戸が閉じられるのは夜半九つ（十二時）だ。それから帳簿の整理などをすると、休むのは明け方近くになる。今津屋に限らず江戸の商家はこのような慣わしだ。そこで元日は休み、朝寝を楽しんで昼の刻限のご膳が新玉の年に食する最初のものとなる。

今津屋では、大広間に控え座敷を繋げた百畳にもなる大座敷に、主《あるじ》の吉右衛門、お佐紀夫婦から、老分番頭の由蔵以下奉公人、台所方の女衆《おんなし》全員が膳部を並べて、新年を寿《ことほ》ぐ慣わしだ。

お佐紀が大きな腹を撫でながら、

「坂崎様とおこんさんの、年の内の帰りはございませんでしたな、おまえ様」

と最前から考え続けていたことをとうとう口にしたのは、大晦日があと四半刻（三十分）で終わろうという刻限だ。

「ああ、戻ってこられなかったな。この年の瀬をどこで過ごしておられるやら」

「正月を旅の空で迎えるのは味気ないものでございましょう」

「それにしてもどうしておられるか」

「小田原に立ち寄られるならば、必ずわが家にお泊まりになられるはず。さすれば父が早飛脚で江戸に知らせて参る手筈《てはず》です。それがこないのは未だ箱根の向こうでしょうか」

「旅慣れた坂崎様がご一緒ゆえな」

　と吉右衛門が答えたとき、店が急に騒がしくなり、

「だ、旦那様、おこんさんがお戻りですぞ！」

　と由蔵が走り込んできた。

「おこんだけですか」

「はっ、はい。それがまるで仇討《あだう》ちのような白ずくめの衣装でございます。ですが、品川様がご一緒です」

「一体全体どういうことです。とにかく早くおこんをここへ」

　と吉右衛門も慌てた口調で命じ、おこんと柳次郎が連れてこられた。

「旦那様、お内儀様、ただ今戻りました」

「戻りましたではないですぞ。これは一体どういうことか、説明なされ」

　おこんはお佐紀と手を取り合い抱き合って涙に咽《むせ》んでおり、説明どころではない。そこで柳次郎が知りうるかぎりの事情を説明し、ようやく一座が得心すると

同時に虚脱した。

「まあ、行きは佃島沖から豊後関前藩の御用船に乗り組んで出かけられたと思ったら、帰りは芝居もどきの島抜け一味に加わっての江戸帰着ですか。坂崎様らしい戻り方ではあるが」

とこの場でも呆れられ、ついには吉右衛門も絶句した。

「ご一統様、それがし、母一人を屋敷に残しておりますので本所に戻ります」

とようやく役目を果たしたつもりの柳次郎が言い、

「おこんさん、金兵衛どのに、おこんさんと坂崎さんの江戸帰着を知らせておきましょうか」

「品川様、除夜の鐘も鳴り出しました。遠回りで恐縮です」

「本所深川はそれがしの町ゆえ、お任せあれ。普段この刻限に訪ねたら泥棒と間違われようが、今夜は大晦日、どこもまだ眠っておりますまい」

と柳次郎が快く引き受けてくれたのだ。

大勢の奉公人が馳走の膳を前に座して、吉右衛門の新年の言葉を待つ。

「新年明けましておめでとうございます」

「おめでとうございます」

屠蘇《とそ》が回され、一同が飲み干した。

「本年もいつに変わらず宜《よろ》しくと言葉を続けるところなれど、安永七年の年明けは大波乱にございますぞ。皆も承知のように、豊後関前に里帰りしておられた坂崎磐音様とおこんが島抜け一味に加わり、江戸に戻って参られました。これは瑞祥と考えるべきか、波乱の予兆と受け取るべきか」

「旦那様、瑞祥です」

と由蔵が言い切った。

「なにしろ七年前の麴屋さんの押し込みを解決なされたのですからな。このことがお奉行の牧野様、与力の笹塚様の悔しい思いを拭い去ったのは、南町にとって大きなことですぞ。これで江戸の謎《なぞ》が一つ、解けたというものです」

「まあ、老分さんが申されることは正しゅうございましょうな。これで麴屋さんが再興できるならば、内藤新宿に一つ、老舗の看板が蘇ります」

「旦那様、そういうことです」

「ならば皆で新年を大いに祝いましょうかな」

磐音は屠蘇から酒に変えてひと息ついた。

「それにしても長い江戸不在でしたな」

と由蔵が磐音に語りかけた。

「まさか筑前《ちくぜん》博多まで足を伸ばし、箱崎屋どのの御寮に逗留しようとは、江戸を発つ前には考えもしないことでした」

磐音が国許《くにもと》関前のこと、博多の出来事などを話し、一同が感心して聞き入った。

おこんはおこんでお佐紀の体調を気にかけていた。それだけに、

「お内儀様のお産に間に合うことができました。これがなによりほっといたしました」

「おこんさんがいなくても無事にやや子を産もうと心に言い聞かせていたところでした。おこんさんが戻ってきてお佐紀は百人力です。ねえ、旦那様」

とお佐紀が癖になったように掌《てのひら》で円いお腹を撫でたものだ。

三

その昼下がり、磐音とおこんは神保小路《じんぼうこうじ》の尚武館の門を潜った。すると正月だというのに道場から竹刀《しない》で打ち合う音が響いてきた。敷地にはまだうっすらと雪

が残っていた。そのせいで寒い。

おこんの胸にはお佐紀の心遣いの包みが抱かれ、磐音も角樽《つのだる》を提げていた。

「おや、たれぞが稽古をしておるぞ」

磐音は道場の玄関前に立ち、

「尚武館」

の扁額《へんがく》を見上げた。

佐々木家の敷地内から出てきた埋《うも》れ木に、東叡山寛永寺円頓院《とうえいざんかんえいじえんどんいん》の座主《ざす》天慧《てんけい》師が揮毫《きごう》した文字を刻んだものだ。磐音が江戸不在中に出来上がり、木肌《きめ》もほどよい具合にくすんで、

「趣」

が出ていた。

「懐かしいでしょうね」

「おこんさん、それがしの居る場所はやはりここだ。つくづくそう思う」

「私も、奥がそう思えるように努めます」

とおこんが決意を披露《ひろう》したとき、二人の前に人影が立ち、

「坂崎様だ、おこんさんも一緒だぞ！」

と大声を上げた者がいた。

でぶ軍鶏《しやも》こと重富利次郎《しげとみとしじろう》だ。しばらく見ぬ間に体も引き締まり、顔も精悍《せいかん》な感じに変わっていた。競い合ってきた痩せ軍鶏こと松平辰平《まつだいらたつぺい》が磐音の旅に同道し、さらにその後、西国雄藩を訪ねて武者修行に励んでいることに刺激を受けて、猛稽古した跡が明らかだった。

「おお、利次郎どの、長いこと留守をいたし、迷惑をかけたな」

「そんなことより道場に上がってください。いや、坂崎様とおこんさんは先生にお目にかかられましたか」

「ただ今戻ったばかりでな。あまりに懐かしゅうて、玄関に立ち扁額を眺めつつ、そなたたちが立てる竹刀の音を聞いておった」

「ならば奥が先です。今すぐ先生に知らせてきます」

利次郎が道場を抜けて奥へと走っていった。

「われらも参ろうか」

磐音とおこんは庭を回り、奥へと向かった。すると道場と母屋の東側に、新築したばかりの家が建っていた。

二人が知らぬ普請《ふしん》だ。

母屋と離れ屋の間には新しく植えられた梅の木が数本並び、添え木が支《か》ってあった。

「先生は離れを造られたか」

磐音が独り言を呟くのをおこんは黙って聞いていた。

母屋の内玄関に佐々木玲圓と内儀のおえいが姿を見せ、道場からも住み込みの若い門弟たちが飛び出してきた。

「先生、おえい様、昨夜《ゆうべ》江戸に帰着いたしました。永の不在、ご迷惑をおかけいたしました」

磐音とおこんが頭を下げ、

「坂崎、おこんさん、新玉の年おめでとうござる」

「先生、おえい様、ご一統様、明けましておめでとうございます」

「ようお帰りなされました。おめでとうございます」

返礼する磐音に利次郎らも応じた。

「戻ってまいったな」

玲圓の言葉にはしみじみとした情愛が漂っていた。

「ささ、二人してお上がりなされ。永の道中ご苦労にございましたな」

と労《いたわ》るおえいにおこんが、

「道場では新築をなされましたか」

と後ろを振り向いて訊いた。

「気付いたか、おこんさん」

玲圓が満足げな笑みで答えた。

「われらが隠居所と思うて、大工の銀五郎《ぎんごろう》親方に相談するとな、銀五郎親方が、隠居所もいいが、若夫婦の家としてまずお造りなさいませぬか、と申しおってな。そこでじゃ、速水様、今津屋吉右衛門どの、由蔵どのらと相談いたし、勝手ながらそなたらの住まいを新築した。皆が申されるには、折りよき時期に母屋と離れ屋の新旧の夫婦が引っ越し合いをいたさばよかろうということでな」

「佐々木先生、あれは私どもの家にございますか」

「おこんさん、気に入ってくれるとよいのですがな」

とおえいが不安げな声を上げ、

「皆で見てみるか」

と玲圓が利次郎らにも声をかけ、内玄関に下りた。

「坂崎様、われらも未だ披露してもらっておりませぬ」

「利次郎どの、それはまたどうして」

「銀五郎親方は、坂崎様とおこんさんが見て気に入らないところが出てくるかも知れぬ。そのときは手直しをせねばならないから、主夫婦がうんと頷いた後でないと見せられぬ、と頑固に言い張るのです。本日は先生のお許しがあったゆえ、われらも見せてもらいます」

玲圓と磐音を先頭におえいとおこんが従い、利次郎ら住み込み門弟、七、八人がぞろぞろと続いた。

道場を造った折りの残り材で造られたという小さな玄関には式台もあり、おえいの手で寒椿《かんつばき》が一輪竹籠《たけかご》に活けられて一角を引き締めていた。さらには小さいながら鏡餅も飾られていた。

寒椿はおこんの好きな花だ。

一畳の上がり間の正面は渋い、だが、艶やかな朱色の土壁で、畳の左右から板廊下が延びていた。

「左に向かえば台所、水回りですよ。右に行けば畳座敷です。八畳二つの畳座敷と板の間を囲んで、家のぐるりを板廊下が通じております。そなたらにやや子ができたら、駆け回ってもよいように銀五郎親方が工夫なされたのです」

磐音とおこんは思いがけない新築の家に圧倒されて言葉もない。

台所は廊下の左手にあり、母屋と向き合い、どちらからも行き来ができるようになっていた。回り廊下の一角に厠《かわや》はあったが、湯は母屋と共用だという。

「どうです、おこんさん、気に入りましたか」

「おえい様、驚きで言葉もございません」

「この普請には速水様、吉右衛門どの、由蔵どのらが意見を述べ合うてなかなか譲らず、ために親方も苦労したが、それだけに満足のいくものができたと自負しておる」

「先生、おえい様、それがしもなんと申し上げてよいか返答の仕様もございませぬ」

磐音とおこんは養父養母の心遣いに感謝した。

「坂崎、ちと先走るが、豊後関前の話次第では、今宵からでも住まいしてよいようにしてある」

磐音とおこんが顔を見合わせた。

二人は確かに関前で仮祝言《かりしゅうげん》をした身だが、江戸では未だ夫婦の披露はしていない。

「おまえ様、坂崎とわが佐々木家の養子縁組がまず先。それから坂崎がこの家に引っ越しの後、おこんさんを迎える段取りですよ」

「そうか、そのような段取りを踏まぬといかぬかのう」

「速水様も今津屋どのも、おまえ様の段取りでは猫か犬の仔を貰い受けるようだと、非難なされましょうな。歳をとるごとにおまえ様は性急になられますな」

「うーむ、致し方ないか」

と自らをようやく得心させた玲圓が、

「松の内が明けたら早速坂崎との養子縁組をいたそうか」

とそれでも必死でおえいに抵抗した。

「それもこれも、豊後関前の坂崎家のご意向を聞いてからですよ」

「おえい、二人はあちらで仮祝言を執り行い、夫婦の契りを結んだのじゃぞ」

「おまえ様、それはそれ、これはこれです」

とおえいに言い負かされた玲圓が、

「だが、おえい、坂崎はすでに深川六間堀の金兵衛長屋を出ておるのだぞ。住まいがないではないか」

「それがし、利次郎どのらと長屋に住まいするつもりで戻って参りました」

と磐音が口を挟む。

「長屋か。当家に養子に入ると決まった坂崎家の嫡男が、長屋住まいというわけにもいくまい。どうじゃ、坂崎、そなた一人ならばこの家に住まいしてもよかろうが」

「おこんさん、どうしたものか」

磐音がおっとりとした口調でおこんに訊く。

「江戸を発つとき、六間堀の長屋を畳んだのです。あそこに戻るのはおかしいわ。また、佐々木先生のお気持ちを思うと、道場の長屋もどうでしょう。新たな門出、先生方のご親切を快くお受けになるのがいいのではありませんか」

うんうん、と玲圓と磐音の二人が首肯した。

「天下に並びなき武芸者のお二人じゃが、おえい様とおこん様には頭が上がらぬようだな」

利次郎が思わず洩らすのへ、

「これ、利次郎、家内は女が強いくらいがうまくいくのじゃ」

と言い訳でもするように玲圓が言った。

そのとき、

「頼もう、頼もう」

と元日というのに無粋な声が道場の玄関に響き渡った。

若い門弟の猪飼《いがい》参太郎《さんたろう》が、

「見て参ります」

と道場に走り向かった。そして、すぐに離れ屋に戻ってくると、

「元日早々立ち合いを所望の武芸者がお見えです」

と興味津々の顔で報告した。

「あれまあ、今年は例年に増して賑やかな年になりそうだこと」

と平然と呟いたおえいが、

「道場は男衆に任せて、おこんさん、母屋に参りましょうか」

「西国土産《みやげ》は後々船便にて届くと思います。本日はお佐紀様の下された室町の菓子舗山城大條《やましろだいじょう》の練り菓子を、年賀のご挨拶にお持ちしました」

と胸に抱いた包みをおえいに見せた。

「おおっ、それは嬉しいことです」

磐音の下げてきた角樽をおこんが受け取り、女二人は離れ屋から母屋に戻った。

磐音が、

「先生、それがしが応対します。先生は奥に参られませぬか」

「坂崎、今年最初の客である。主が顔を見せぬでどうする」

にたりと笑った玲圓が母屋の内玄関に向かった。

磐音と利次郎らは庭伝いに道場の表に回った。

すると茶筅髷《ちゃせんまげ》、華美な加賀友禅の中袖の着流しの武士が、扁額を眺め上げていた。反《そ》りの強い長い刀を肩に担ぎ、柄《つか》には四角の箱のようなものを風呂敷に包んで下げていた。風流な武芸者は三十前後か、身丈は六尺ほどで細身だ。

また歌舞伎者《かぶきもの》のような派手な格好の三人の供を従えていた。三人ともになかなかの偉丈夫で、見事な口髭《くちひげ》やら顎鬚《あごひげ》を蓄え、その一人などは太い紅白の綱で四肢《しし》の張った白犬を引いていた。

猪飼参太郎が言い出せなかったのは訪問者の格好だったかと、磐音らは納得した。

「立ち合いを所望だそうですね」

「いかにもさよう」

茶筅髷が鷹揚《おうよう》に答えた。

「姓名と流儀はいかに」

「元加賀大聖寺《だいしょうじ》藩士高瀬少将輔《たかせしょうしょうのすけ》、流儀は深甚《しんじん》流にござる」

頷いた磬音が、

「それがし、当尚武館佐々木玲圓道場の坂崎磬音と申します」

「うーむ」

「道場へ」

高瀬らは扁額の掲げられた玄関から上がった。犬を連れた供奴《ともやっこ》は迷った後、犬の引き綱を玄関脇の木瓜《ぼけ》の根元に繋いだ。大人しい犬だ。

道場は正月のせいでどこもが磨き揚げられていた。

磬音《けんぞ》は見所前に歩み寄ると床に座し、神棚に向かい瞑目《めいもく》して永の不在を謝罪し拝礼した。両眼を見開くと、すでに見所に佐々木玲圓が座していた。

重富利次郎が武芸者の姓名流儀を玲圓に告げた。

「高瀬どのと申されるか。それがし、当道場の主佐々木玲圓にござる。立ち合いが所望と聞いたが、しかとさようか」

「われら、京から中山道を伝い江戸に到着したところ。江戸武芸界の事情が分からぬゆえ旅籠《はたご》にて問うたところ、こちらの名を第一に上げられた。ゆえに、正月と思わぬわけではなかったが、武芸修行に盆も正月もなかろうと存じ、かく参上いたした」

「ご足労にござった」

と応じた玲圓が、

「重富利次郎、立ち合え」

とあっさりでぶ軍鶏に命じた。

「それがしがですか」

磐音が立ち合うと予測していた利次郎が驚きの表情を見せた後、俄然《がぜん》張り切った。

「先生、それがしが審判を務めます」

磐音の言葉に玲圓が頷いた。道具立ては派手だが腕前はそこそこと、玲圓も磐音も踏んでいたのだ。

高瀬少将輔は連れの三人と相談していたが、一番手を、

「中松貴久蔵《なかまつきくぞう》」

と命じた。

犬を伴っていた中松が、持参の木刀を手に立ち上がった。

「立ち合いは一本、竹刀で願います」

磐音が凛然《りんぜん》と両者に命じた。すると猪飼が竹刀を持って中松のもとへ走った。木刀から竹刀へ持ち替えられた。

両者が道場の中央へと歩み寄った。このとき、

「佐々木玲圓どの、ちと願いの筋がござる」

と高瀬少将輔が言い出した。

玲圓がじろりと睨んだ。

「われらが当道場を制した折り、玄関の扁額を頂戴したい」

「ご随意に」

玲圓が淡々と答えた。

「早速の承諾有難うござる」

「高瀬どの、そなたらが敗北なされたときにはいかがなさるな」

「はあっ」

と応じた高瀬には、己が負けるという考えはなかったと思えた。

「勝負は時の運にござってな」

「ならば、それがしがわが家から持ち出した茶碗《ちゃわん》はいかがか。古備前《こびぜん》の名品と聞いておる。これならば扁額と等しかろう」

長い刀の柄に括り付けた、風呂敷に包まれた箱を解くと自らの前に置いた。

「正月早々異風の立ち合いじゃが、話の種にお受けいたそう」

玲圓が言い、でぶ軍鶏こと重富利次郎と中松貴久蔵の立ち合いがようやく整った。片や道場の象徴ともいうべき扁額と、片や古備前の茶碗を賭けた勝負にしてはどことなく緊張感を欠いていた。

「最前申したとおり、勝負は一本にござる。ご両者、承知じゃな」

磐音の念押しに二人が頷き、竹刀を構え合った。

その瞬間、利次郎は相手の力量が見えたようで、正眼の竹刀の先端をちょんちょんと動かしつつ、間合いを取り、

「え、ええいっ」

と果敢に踏み込んでいった。相手の中松も遅れ気味に受けた。だが、気構えと稽古の量が断然違っていた。

小手にきた相手の竹刀を見切った利次郎の面打ちが鮮やかに決まり、中松はその場に押し潰されるように倒れた。

「おおっ」

高瀬少将輔の口から驚きの声が洩れ、

「園田《そのだ》、参れ」

と次なる相手を指名した。だが、二番手も三番手も利次郎にあっけなく退けられた。残ったのは高瀬少将輔だけだ。

「どうなさるな、高瀬どの」

玲圓が長閑《のどか》に呼びかけた。

「四尺二寸の竹刀を所望いたす」

高瀬はそう叫ぶと立ち上がった。長竹刀が高瀬に届けられ、未だ息も弾んでおらぬ利次郎の前に高瀬がせかせかと登場した。

「高瀬どの、正月ゆえ座興と受け流してもよい。大事な茶碗はお持ちなされ」

見所の玲圓の語調にはどこか憐憫《れんびん》が漂っていた。

「黙れ、黙れ。高瀬少将輔の深甚流、ちと手強《てごわ》いぞ」

と叫んだ高瀬が長竹刀を正眼に置いた。

それまで正眼で応対してきた利次郎が竹刀の先端を左斜め前に寝かせた。

二人の間合いは一間とない。

睨み合うこと寸毫《すんごう》。

高瀬の正眼の長竹刀の腕が上がり、先端が利次郎の喉元をぴたりと狙った。

得意は突きか、自信に溢《あふ》れていた。

利次郎に動揺はない。ただ相手の目を見ていた。

磐音は間近で審判を務めつつ、道場を留守にしたわずかな間に利次郎が成長したことをしかと見ていた。

高瀬の瞼《まぶた》が細く閉じられた。

すいっ
と先端が突き出され、引かれた直後、

「きえっ」

という裂帛《れっぱく》の気合いとともに利次郎の喉元へ竹刀が疾《はし》った。

利次郎はその場を動くことなく引き付けた。そして、斜めに寝かせた竹刀を翻すと、突き出された竹刀の先端四寸余のところを弾《はじ》き、体を泳がせた高瀬少将輔の額に、
ばちり
と鈍い音を立てて叩き付けた。

高瀬の両膝が道場の床に突き、転がるのをなんとか両手で避けた。

「勝負ござった」

磐音の声が静かに尚武館に響いた。

不思議そうな顔で床に転がっていた高瀬少将輔が突然飛び起きると、

「うああっ」

と叫び、道場の入口を目指して駆け出し、連れの三人がそれに続いた。

一瞬、道場内に沈黙が漂った。

「まるで道化者か芝居者じゃのう。ほんものの武芸者とは思えぬ」

玲圓の声は訝《いぶか》しげであった。

磐音の視線は利次郎に向けられた。

「重富利次郎どの、よう稽古を積まれたな」

「初めて坂崎様からお褒めの言葉をいただいたぞ。武者修行の辰平には負けとうございませぬ」

と利次郎が答えたとき、表で犬の鳴き声がした。

「あやつら、茶碗ばかりか犬まで置いていきおったぞ」

と玲圓が呆れ果てたように呟いた。

四

正月早々尚武館道場の玄関先に置き去りにされた犬は、しょんぼりとしていた。

「そなたも厄介な飼い主に飼われたものじゃな」

磐音の言葉が分かったように、白犬は縋るような目で見上げた。

「そうか、そなたも察しがついたか」

磐音が腰を下ろし、頭を撫でると、甘える表情を見せた。布で編まれた首輪には、

「白山《はくさん》号」

と古びた名札が付けられていた。

「そなた、大聖寺からあやつらと一緒に出て参ったか」

金沢藩の支藩大聖寺前田家の名の起こりは、白山五院の寺名の一つである。白犬が「白山」という名を持つ以上、加賀国大聖寺から旅してきたように磐音には思えた。

「犬を置いていったんですって」

とおこんが姿を見せた。

「利次郎どのにあしらわれ、逃げ出すように道場から立ち退《の》いたはよいが、飼い犬を放置していかれた」

白山はおこんにも甘えた眼差《まなざ》しを投げた。

「お腹が空《す》いているのではないかしら。おえい様になんぞ考えてもらいます」

「おこんさん、ならばこの犬を母屋に連れていきますぞ」

と利次郎が木瓜の幹に繋がれた綱を解いた。すると白山は高瀬らが逃げ去った表門のほうへ行こうとした。

「白山、薄情な飼い主などそなたのほうから願い下げにいたせ」

利次郎らが強引に白山を母屋の台所へと連れていった。

磐音が道場を抜けて台所に回ると、おえいとおこんが丼《どんぶり》飯に削り節を載せ、煮干しを添えたものを用意していた。そこへ利次郎らが白山を引っ張ってきた。

正月のせいか、飯炊きなど女衆の姿はない。

「これ、重富どの、そう無闇《むやみ》に綱を引っ張ってくるものではありません。大人しい犬ではありませんか、怯えておりますぞ」

おえい手ずから用意した丼を白山の前に差し出すと、ちらりとおえいを盗み見て、食べてもよいかという表情を見せた。

「食べなされ」

顔の前に置かれた丼とおえいの顔を交互に見た白山は、こらえきれなくなったか、さっと丼の餌に顔を突っ込み、がつがつと喰《く》い始めた。

「腹を空かせていたようですね」

「元日から飢えた飼い犬を連れて道場破りに来るとは、一体どういう連中にございましょう」

「加賀国から京を経て江戸に到着したと申しておりました」

と磐音が答え、

「さて白山号を、どうしたものでしょう」

とおえいに許しを得るように言った。

「あの者たち、連れ戻りにまいりますか」

「おえい様、それはございますまい」

「ならば当分うちで飼うことにいたしますか」

おえいが言い、利次郎が、

「よし、白山、それがしが散歩に連れて参るぞ」

と請《う》け合ってくれた。

白山は人間らの会話も耳に入らぬようで、丼飯を綺麗に平らげた。おこんが別の器に水を与えると、今度はその水もぺちゃぺちゃと音を立てて飲んだ。

「腹を空かせていただけではのうて喉も渇いていたようじゃな」

磐音が言い、利次郎が、

「どこに塒《ねぐら》を作りましょうかな」

「尚武館の番犬ゆえ、片番所辺りであろうか」

佐々木家の門は片番所付き長屋門だ。幕府に奉公していた時代は門番がいたろうが、今では片番所には昼間だけ庭掃除も行う、通いの老爺の季助《きすけ》がいた。ちなみに季助は後年、尚武館の長屋住まいの門番に就くことになる。

「あそこならば番犬の塒には打ってつけ、雨風も避けられます。筵《むしろ》を探して塒を作ります」

満腹した白山号を利次郎が再び引いていった。

「坂崎、元日の夜です。利次郎どのら住み込みの門弟と一緒に膳を囲みとうございますが、そなたとおこんさんも付き合うてくれますな」

「われらも相伴に与《あずか》れますか」

磐音が玲圓の居間に行くと、

「あやつ、大聖寺藩家臣であったろうか」

と布包みを解き、焼け焦げたように黒ずんだ箱の蓋を開いて茶碗を見ていた。

「古備前の茶碗ではあるまい。それがしも茶碗には詳しくはないが、美濃《みの》辺りのものではないか。箱は炎をかぶったか、焼け焦げて箱書きも読み取れぬ。速水様はかような茶器にも詳しいで、鑑定を願おうか」

と遊び心の中にも無常の景色が加わったような茶碗を箱に仕舞った。

磐音とおこんが利次郎らに送られて門まで出てくると、片番所の一角に風避けの板で囲まれ、筵が敷かれたところに白山が体を丸めて休んでいた。

「白山、それがしも明日から道場に移ってくるで、よしなにな」

と声をかけると、白山は寝ながら尻尾《しっぽ》をちょこちょこと振った。どうやらここが今晩の塒と考えた様子だ。

「おまえはこのおこん同様、永の旅をしてきた身です。今晩はゆっくりお休みなさい」

磐音とおこんは通用口から、月光に光る雪道の神保小路に出た。

利次郎が送りに出た。

「坂崎様、本日は辰平の話をお聞きすることはできませんでした。明日、話を聞かせてください」

友であり好敵手であった松平辰平の様子が気にかかる利次郎だ。

「今頃は、肥後《ひご》熊本藩細川公の剣術指南横田傳兵衛《よこたでんべえ》先生のもとへ逗留修行中であろう、そなたらに文は参らぬか」

「参りませぬ」

「武者修行に出たばかりゆえ文を書く気持ちの余裕がないのであろう。利次郎どの、しばらく待ってやってくれぬか」

「はい」

「朝稽古に参るでな」

「お相手はこの重富利次郎が一番手にございますぞ」

「よかろう」

「そうと決まれば、私がひとっ走り俎橋《まないた》まで参り、駕籠を呼んできます。こちらでお待ちになりませぬか」

「利次郎どの、有難いが、まだ刻限も遅うはない。われらのほうから俎橋に参ろう」

御城の北に位置する神保小路界隈は、丹波亀山藩《たんばかめやま》ら大名家の上屋敷、御側衆など大身旗本《たいしん》の武家屋敷が門を連ねる一角にあった。それだけに辻駕籠など滅多に通りかかるものではない。

だが、神保小路を、今津屋のある方角とは一旦反対に上がると、九段坂下、俎橋に出た。すると町屋の元飯田町《もといいだまち》が武家地に囲まれてあり、辻駕籠が待ち受けていた。

二人は神保小路を西に上がった。

「白山は、道場の飼い犬になるかしら」

「あの飼い主次第じゃが、まず引き取りには参るまい。それがしが新築の離れ屋に住まいするより一足先に道場に住み着くことになりそうじゃな」

膳を並べた席で、磐音が佐々木家の離れ屋に移り住むことが正式に決まったのだ。

「明日の昼にも六間堀に参り、金兵衛どののところから位牌《いはい》などを引き取ってきたい」

豊後関前に出立《しゅったつ》する前、磐音は金兵衛長屋を引き払った。小林琴平《こばやしきんぺい》、河出慎之《かわでしんの》輔《すけ》、舞《まい》夫妻の位牌などわずかな荷物は金兵衛が預かってくれていた。

「私もお父っつぁんに挨拶に行くわ」

「われら、江戸帰着を報告しておらぬでな。年賀の挨拶を兼ねて参ろうか」

「はい」

「朝稽古の帰りに今津屋に立ち寄る」

磐音は丹波園部《そのべ》藩の上屋敷に差しかかったとき、遠くでうろちょろ動き回る人の気配を感じ取った。

(白山号が気になったか、それとも茶碗に心を残したか)

と思案しながら、おこんを心配させまいと口にはしなかった。

今川小路《いまがわこうじ》から表高家《おもてこうけ》衆大沢家の塀に沿って御堀に向かう。すると路地の間を、
ぴゅっ
と冷たい風が吹き寄せてきた。

「おこんさん、もうすぐ俎橋じゃぞ。ぬかるみも終わるでな」

「坂崎さん、私は深川育ちよ。ぬかるみなんぞはへっちゃら、馴れているわ」

とおこんが応じ、

「あら、嫌だ。つい地が出ちゃった」

とおこんが舌をぺろりと出したとき、行く手に人影が立った。

五つ、いや、六つを数えた。

「あら、だれかしら」

おこんが訝しげな声を上げたが驚きの様子はない。

「いかがなされた、高瀬どの。白山号なら道場じゃぞ」

「気まぐれに道中で拾うた犬じゃ。持て余しておったところゆえどうでもよいわ」

と高瀬少将輔が恥知らずにも吐き捨てた。

「犬とは申せ、三日も飼えば身内同様であろう。それをいささか冷たい言われ方にござるな」

磐音の応対は春風のように長閑だ。

「そのほう、坂崎と申したな」

「いかにも坂崎磐音にござる」

「佐々木玲圓の跡継ぎになると聞いたが、しかとさようか」

「いろいろとお調べになられましたな」

「その方の手足の一本も折らねば腹の虫が収まらぬ」

「呆れ申した」

高瀬少将輔の新たな連れは、衣服から汗と汚れが臭《にお》い漂ってくるような浪人剣客二人だ。その二人がずいっと磐音の前に出た。

「通旅籠町《とおりはたごちょう》辺りの宿で、この者たちに雇われなされたか」

磐音が二人に訊いた。だが、二人は無言で雪道に足元を固めた。

二人の剣客が剣を抜いた。

「そなたら、佐々木玲圓道場の名を承知でこの仕事を引き受けられたか」

磐音は元日早々剣槍《けんそう》の騒ぎを引き起こしたくなくて相手に言った。

だが、無言が答えだった。その気配からは、幾多の修羅場《しゅらば》を潜り抜けてきた凄みが漂ってきた。一人は下段《げだん》に、もう一人は八双《はっそう》に剣を構えた。

ぴたりと決まった様はなかなかの腕前と見ざるをえない。軽くあしらえる相手ではなかった。

「おこんさん、離れておられよ」

おこんが塀際に下がった。

覚悟を決めた磐音は羽織の紐を解き、脱ぐと後ろに差し出した。心得たおこんが羽織を受け取った。

その間にも二人の動きを見守っていたが、仕掛ける様子はない。それが二人の自信を示していた。

包平を抜き、正眼に置いた。

間合いは雪道一間余。

磐音は二人を等分に見た。

派手な格好の高瀬少将輔ら四人は、さらに二人から数間離れた塀際に別れて立っていた。

再び磐音の正面、御堀から冷たい風が吹いてきた。

磐音の構えは長閑だった。自ら仕掛ける気はない、相手が攻めてくれば対応するだけと悠然と構えている。

相手も焦る様子はない。真剣勝負の場で気持ちに余裕がないことがいかに技を小さくし、動きを鈍くするか、十分に承知している二人だった。

「ちえっ」

と吐き捨てたのは高瀬少将輔だ。

緊迫した場が乱れた。

二人のうち右手の一人が高瀬をちらりと見て、

「愚か者が」

と罵《ののし》った。

次の瞬間、左の剣客が下段の剣を、
そより
と引き付け、磐音の前に踏み込んできた。腰が据わり、足元を固めた攻撃だ。

磐音は動きを見つつ、右側の相手の前に飛んでいた。

八双の剣が、踏み込んできた磐音の肩口に振り下ろされた。

流れるような剣捌《さば》きだ。

磐音の正眼の包平が躍って胴を狙った。

袈裟懸けと胴抜き。

舞うような動きに見えた包平が一瞬早く相手の胴に届き、横手に振り飛ばしていた。

「うっ」

刃に体を乗せて飛ばしたせいで傷は深くない。だが、一人が戦線から離脱した。

「続けられるか」

磐音が下段の構えの剣客に訊いた。

だが、応答はない。

下段の構えを中段に上げただけだ。

二人は雪の路地で正眼と中段、微妙に異なる構えで向き合った。

どちらも息が上がる様子もなく、静かな対決だ。

ずるずると路地に音がした。磐音に倒された剣客が塀際に自らの体を移し、自ら血止めを試みようとしていた。だが、高瀬少将輔らは手伝う気配も見せなかった。

睨み合い数瞬、阿吽《あうん》の呼吸で踏み込み、受けた。

踏み込んだのは中段の剣客、受けたのは磐音だ。

互いが首筋と胴を狙って剣を振るい合った。

果敢に磐音の内懐に飛び込んできた剣客の剣先は、蛇が鎌首《かまくび》をもたげて獲物を狙うように磐音の首筋に落ちてきた。

その瞬間、磐音の包平が最前と同じような軌跡を描き、相手の腰帯辺りを叩くと飛ばしていた。

ごろり
と雪道に転がり、勝負が付いた。

高瀬少将輔らは呆然と立ち竦んでいた。

「高瀬どの、二人の傷は浅いが医師の治療は受けられたほうがよい。よいか、二人をお医師のもとへ運ばれよ。それがそなたの務めにござる」

磐音はおこんのもとへ下がると、包平の大帽子《きっさき》を下げた構えで片手をおこんに差し出した。

おこんが握り返し、俎橋の方角へと進んだ。

未だ呆然とした高瀬に振り向いたおこんが、

「白山は佐々木道場で貰い受けます」

と宣告した。

二人が俎橋に出ると、橋際に辻駕籠の提灯《ちょうちん》の灯りが浮かんでいた。

「元日の夜ともなると、年始酒に酔われた方が駕籠を雇われるで、駕籠屋どのには稼ぎ時かな」

と呟くとおこんから手を離し、包平に血振りをくれると鞘に納めた。

「旦那、道行かえ」

二人を認めた駕籠かきの先棒《さきぼう》が煙管を口から離して冗談を言った。

「いかにもさよう。米沢町角の今津屋まで願おうか」

煙管の火で二人を眺め上げた駕籠屋が、

「相棒、驚いたぜ。正月早々今小町のおこんさんがご到来だぜ。ひょっとすると今年は縁起がいい年になるかもしれねえぜ」

と嬉しそうに破顔した。

「駕籠屋どの。雪道ゆえ、ゆるゆると頼もうか」

「合点承知だ」

「お願いします」

とおこんが駕籠に乗り込み、先棒と後棒《あとぼう》が息を合わせて肩を入れた。

磐音は戦いがあった路地口を見たが、ざわめいた様子はすでに消えていた。

(高瀬らは二人を医師のもとへ運んだであろうか)

ふと思ったが、

(あの二人ならば自らの始末はつけられよう)

と考え直した。

「今年も前途多難な年になりそうね」

「そうであろうか」

応じる磐音はすでにいつもの長閑な調子に戻っていた。

「まずお佐紀様のお産じゃな」

「あのお腹《なか》の具合だと、松の内に生まれても不思議はないわ」

「新春早々、今津屋どのに跡取りができる。目出度いことじゃぞ。次は桂川国《かつらがわくに》瑞《あきら》どのと織田《おだ》桜子《さくらこ》様の祝言《しゅうげん》が控えておる。安永七年は目出度きことだらけじゃ」

「私たちはどうなるの」

「そうじゃ、われらの本祝言を忘れておった」

磐音の返答に先棒が、

「旦那、今小町を嫁に貰うのかえ」

「そうらしい」

「そうらしいって、果報者だぜ、旦那は」

「いかにもそれがし果報者にござる」

「旦那、どこか頭の螺子《ねじ》が弛《ゆる》んでねえかえ。そりゃ、今小町を嫁にしようという人の返事じゃねえぜ」

駕籠かきの呆れた声が鎌倉河岸《かまくらがし》に響いて、元日の夜は更けていった。

第五章　跡取り披露

一

磐音が尚武館道場の朝稽古《あさげいこ》に出向くと白山号が、
うおううおう
と甘えるように吠《ほ》えて迎えた。
「そなた、道場を己れの住処《すみか》としたか」
一夜にして白山は自らの運命に従おうと考えたようだ。
磐音は白山の頭を撫でて道場に向かった。
豊後関前への道中は博多逗留が加わり、半年ほどの長いものになった。
道場で稽古をするのも半年ぶりだ。すでに住み込み門弟の利次郎らがいつもの拭き掃除を始めていた。

「お早うござる」

磐音はその列に加わった。

「お早うございます」

十数人が四半刻（三十分）動き回ってようやく、さしも広い尚武館道場が清められた。

磐音は掃除の最後に神棚の水を替え、その場にある全員が座して拝礼した。

坂崎磐音にとって安永七年の稽古始めだ。

「坂崎様、約束にございますよ」

でぶ軍鶏こと重富利次郎が、磐音の竹刀と自らのものを持って飛んできた。

「利次郎どの、昨日、高瀬どのらとの立ち合いを間近で拝見し、驚いたぞ。それがしが知る利次郎どのとはまるで違う動き、ようも精進なされたな」

「坂崎様、昨日の連中は論外です、私の腕だってよく見えます。技量は推《お》し量れませんよ」

「いや、高瀬どの方は、あれはあれでなかなかの腕自慢にござったぞ」

そうですか、と利次郎が嬉しそうに笑みを浮かべた。

「辰平が坂崎様に従って道場からいなくなってしまい、独り取り残されたようで無性に寂しく、稽古に励んだのは確かです」

「よい心掛けじゃ。それが動きに現れておったぞ。さあ、利次郎どのの技量をそれがしに存分に見せてくだされ」

磐音と利次郎は相正眼《あいせいがん》に構えた。

でぶ軍鶏と呼ばれたように、以前の重富利次郎はふんわりと肉を付けた巨漢だった。身丈も一寸余伸びたこともあるが、全体が引き締まり、筋肉に変わっていた。それが利次郎を精悍にかつ大きく見せた。

「参られよ」

「参ります」

間合いを計った利次郎が、堂々の踏み込みで磐音の面を奪いにきた。俊敏にして圧倒的な攻撃だ。

磐音は払った。すると利次郎の竹刀が胴へと即座に変化して、翻った。

その竹刀の動きは以前には見られなかった竹刀捌きだ。

(松平辰平の決意がもう一人の青年の技を高めたとは)

若い世代の気持ちと行動が技に及ぼした影響を嬉しく感じとった磐音は、逞《たくま》しくなった利次郎の技を受け続けた。

利次郎の打ち込みが一区切りついたとき、一歩下がり、

「利次郎どの、格段の進歩かな」

と褒めた。

「真《まこと》ですか」

「虚言を弄してどうなるものか。竹刀を打ち合い分かった。ただ今の利次郎どのを辰平どのが見たら大いに驚かれよう」

「よし」

と張り切る利次郎に、

「利次郎どの、これからはそれがしも打ち込むでな」

「はっ」

対等の打ち合いを宣言する磐音に利次郎がさらに張り切った。

竹刀が上段に差し上げられ、中段におりてきてぴたりと止まった。

磐音はいつもどおりの正眼の構えだ。

互いに目を見合い、呼吸を読んだ。

利次郎の巨軀《きよく》がすいっと流れるように前へ移動し、踏み込んだ。同時に竹刀が

巻き落とされて磐音の小手に襲いかかった。思いがけない利次郎の小技の変化だ。

ぱーん
磐音の竹刀が弾いた。

それを予期していたように利次郎の竹刀が肩へと引き付けられ、間髪を入れず胴打ちに変化した。その胴打ちが再び弾かれた瞬間、利次郎の竹刀が三度躍って磐音の肩へと雪崩《なだ》れ落ちた。

鋭い三段打ちだ。

利次郎が大兵《だいひょう》だけに動きが際立って見えた。

むろん磐音には通じない。

利次郎の目に見えぬところで戦《そよ》いだ磐音の竹刀が、
びしり
と利次郎の胴に巻きつくように決まり、さしもの利次郎の巨軀も軽々と横へ吹っ飛んだ。

「参りました」

と潔くも満足げな声が響いて、利次郎がその場に正座し、

「うーむ、どう工夫しても坂崎様には通じぬぞ」

と慨嘆した。だが、その顔には自らの進歩を確信した満足の笑みがあった。

「利次郎どの、なかなかの連続攻撃かな」

「うっふっふ」

と笑った利次郎が、

「坂崎様がいない間に、あれこれと工夫して動きを錬磨《れんま》したのです」

「その跡が見てとれる。よう頑張られたな」

「お稽古、有難うございました」

道場にはいつの間にか四、五十人もの門弟たちが増えていた。

正月二日、大名家も旗本も総登城が控える朝の合間を縫って、稽古に駆けつけた面々だ。

一人の武家が磬音の側《そば》に歩み寄った。

「坂崎どの、新玉の年、明けましておめでとうござる」

「細川《ほそかわ》様、明けましておめでとうございます」

丹波亀山藩家臣細川玄五《げんご》右衛門《えもん》だ。

尚武館道場が大改築の間、佐々木玲圓道場の門弟らは、近くの丹波亀山藩松平家の剣道場を稽古場として借り受けていた。

その折り、松平家の家臣も佐々木道場の門弟らとともに稽古に励むようになり、その切磋《せつさ》琢磨《たくま》がよい結果を生んで剣術熱が燃え上がった。実際、松平家の家臣の技量は格段に上がった。

尚武館道場が新装なったとき、柿落《こけら》としの剣術大会が催され、松平家を代表して出場したのが細川だ。

「坂崎どの、久方ぶりの稽古を願います」

「お願いいたします」

磐音は細川と打ち込み稽古を行った。

細川は佐々木道場の門弟たちが藩道場から尚武館に戻ったあとも稽古に精進していたとみえて、動きも悪くなかった。

「細川様、格段と腕を上げられましたな」

「えっ、坂崎どの、真ですか」

細川が少年のように喜んだ。

「坂崎様、細川様はどのように奉公が忙しくとも毎朝尚武館にお通いで、稽古に励まれておられます」

と二人の会話を聞いていた若い門弟が口を挟み、磐音が得心したように頷いた。

そこへどんどんと道場の床を踏みしめて、依田鐘四郎《よだかねしろう》がやってきた。

「坂崎、そなたとおこんさん、島抜け一味に加わって江戸に戻ったというではないか。なんとも驚いた帰着かな」

「師範、留守の間、ご面倒をおかけ申しました」

依田家への婿入りを機に住み込み師範を辞した鐘四郎だったが、磐音は敬意と親しみを込めて師範と呼んでいた。

「それがしの道場通いはご奉公の息抜きじゃぞ」

「西の丸務めは大変ですか」

「なあに、ただ今のところ見習いということで、時折り顔を出すだけだ。近々養父どのが正式に隠居なさるゆえ、松の内明けからそれがしの出仕も本式となる。だが、こちらは長年気ままな道場暮らしをしてきた身だ。やはり城中のご奉公には気を遣うし、神経もすり減るわ」

「ならば師範、稽古で肩の凝りを吹き飛ばしましょうぞ」

「よし」

磐音と鐘四郎が今度は竹刀を交えることになった。

竹刀をいったん相正眼に構えたが、鐘四郎が構えた竹刀を不意に下げて磐音のもとへつかつかと歩み寄り、耳元に囁《ささや》いた。

「過日、それがしがご奉公見習いに西の丸に上がったと思え。そなたも承知のように養父どのは御納戸組頭《おなんどくみがしら》であったが、おれは、新たに西の丸近習衆《きんじゅ》に加わる内命を貰《もろ》うておった」

「それはおめでとうございます」

「ある日、西の丸の奥へ上役に連れられていくと、突然辺りに緊張が走った。家基様のご出座《しゅつざ》というではないか。おれも慌てて廊下に這《は》い蹲《つくば》った。なにか頭上に軽やかな微風《そよかぜ》が吹き抜けたと思うたら、それが戻ってこられた」

「ほう、それはまたどうしてです」

「ほう、どころではないぞ」

「どうなされました」

「不意におれの頭の上に家基様のお声がしてな。そなた、佐々木玲圓道場の門弟と申すが、坂崎磐音は元気にしておるかとご下問があった。おれはそなたが家基様と知り合いとは存ぜぬでな、なんと答えたかよう覚えておらぬが、なんとか壮健にてただ今国表《くにおもて》に戻っておりますとお答えしたような気がする」

「……………」

「するとな、驚くべきことに家基様は、おこんを連れて実家に披露に参ったそうじゃな、と仰せられたのだ」

「なんと」

さすがに磐音も驚いた。おそらく御側御用取次の速水左近辺りから知れたことであろう。

「おれは通り過ぎられたあと、しばらく呆然としておったぞ。坂崎、知り合いなら知り合いとなぜ教えてくれぬ」

「師範、西の丸様に知り合いもなにもあるものですか。ただ、いささか曰くがございましてな」

「家基様はそなたの名を持ち出されたとき、実に懐かしげであったわ。そなたという人物、ほんとうに不思議な御仁だな」

「家基様は、ご壮健にございますな」

「お元気そうな、お若いお声であった。もっともおれは、お声を聞いただけでご尊顔は拝しておらぬ」

鐘四郎が呻くように答えた。

「師範、その話、たれにも洩らさずにいただきたい」

「分かっておる。そなたの神出鬼没にはこの鐘四郎、幾度となく驚かされてきたからな」

「師範、家基様のご近習衆ご奉公おめでとうございます」

磐音は改めて鐘四郎の出世を慶賀した。

「速水左近様のお言葉があって御納戸衆から御近習衆への配置換えと思うておったが、どうやらそなたが一枚嚙んでおるようだな」

「師範、それがしの存ぜぬことでございます」

「坂崎、依田の家ではな、養子のおれがいきなり御近習衆に取り立てられたというので大喜びだ。養子のおれは面目を施した。坂崎、礼を言うぞ」

「それがしはなんのお役にも立っておりませぬ。ささっ、それより稽古にございます。師範が家基様のお近くに出仕なさるとなれば、これまでの修行が役に立ちますでな」

「おうっ」

坂崎磐音と本多《ほんだ》鐘四郎、いや、依田鐘四郎の久しぶりの稽古は熱の籠ったものであった。

いつの間にか見所《けんぞ》には佐々木玲圓をはじめ、速水左近ら剣友が数人着座し、磐音と鐘四郎の息の抜けぬ稽古に見入っていた。

「ふうっ」

と荒い息を肩でついた鐘四郎が、すいっ、と下がり、

「坂崎、そなた、永の旅でまた腕を上げたな」

と言った。

「依田どの、剣友が戻って参り、よかったのう」

速水左近が見所から笑いかけた。

「速水様、居眠りどのが不在の尚武館は、やはり寂しゅうございます」

磐音と鐘四郎は見所下に正座すると、速水左近ら諸先輩方に年賀の挨拶をなした。

「坂崎どの、よう戻られた」

「速水様、ご一統様、留守の間迷惑をおかけ申しました」

「豊後関前での仮祝言、改めて祝着至極でござった」

「有難うございます」

近々速水左近はおこんの養父となり、おこんは速水こんとして佐々木家に嫁入りしてくるのだ。

「おこんさんも元気じゃそうな」

「永の道中、疲労が溜まったこともございましたが、なんとか無事道中を乗り切り、江戸へ帰着できましてございます」

「それにしても島抜け一味と江戸入りとは、芝居仕立てじゃな。南町奉行牧野成賢どのから城中で耳打ちされ、それがしも驚愕《きょうがく》いたした」

と速水が呆れた顔で言った。

「いささか仔細《しさい》がございまして」

「牧野どのは、そなたのお蔭で南町奉行所は積年の厄介が霧散したと大いに喜んでおられた」

「恐縮にございます」

「新年の行事に気をお遣いの上様にそなたのこたびの一件をそっと申し上げたところ、上様は最初絶句なされ、そのうち高笑いなされて、手を打たんばかりに喜ばれたわ」

「上様のお耳まで汚して恐縮至極にございます」

「少し落ち着いたら、おこんさんを連れて猿楽町《さるがくちょう》に参られよ」

「必ずお伺いいたします」

この朝、磐音は稽古を五つ（午前八時）過ぎに切り上げ、早々に尚武館道場を出た。

総登城を控えた速水左近らの姿もすでにない。

道場を出る前、玲圓だけには、昨夜《ゆうべ》高瀬少将輔が剣客二人を雇い、襲い来たことを告げた。

「あの者ども、愚かなことを重ねおったか」

と答えた玲圓が、

「あやつが尚武館の扁額と賭けた茶碗じゃが、速水様にお見せすると大いに驚かれてな。これは逸品、大名道具、家宝と申してよいものじゃそうな。推測じゃが、古田《ふるた》織部《おりべ》が創始した織部焼の茶碗ではないかと申されてな。茶器に詳しい御仁に改めて鑑定させるゆえと持ち帰られたわ」

「となると、高瀬家の所蔵品ではございませんので」

「その辺は未だ分からぬが、どこぞで不正に手に入れたものとも思える。鑑定次第ではこの扱い、速水様にお任せいたそうと思う」

「高瀬どのが茶碗の値打ちを承知かどうかで、再び道場の周りに出没するやもしれませぬな」

「いかにもさよう。利次郎に叩き伏せられる程度の腕前だが、浪々の剣客などを新たに雇うことも考えられる。注意させよう」

と玲圓が呑《の》み込んだ。こうして茶碗の来歴は速水の手に委ねられることとなった。

磐音が今津屋に戻ったとき、五つ半（午前九時）の刻限で、両替屋行司今津屋も清々《すがすが》しくも安永七年の初売りの店を開いていた。

だが、今津屋は呉服など小売りの品を商う店ではない。初売りの客はおらず、馴染みの客が、

「今年一年よろしく」

と挨拶に姿を見せて、大事な客は奥座敷に通され、酒が振る舞われた。

由蔵も羽織袴で帳場格子で睨みを利かせていた。

おこんはすでに深川行きの身仕度で新年の客の接待を務めていた。

「よいのか、おこんさんがおらんで」

「旦那様も老分さんも、いつまでもおこんの手を煩《わずら》わせるわけにはいかぬからと、深川訪問を強く勧められました。もはや私が身を置く場所は今津屋にはないよう

です」

おこんの言葉には一抹の寂しさがあった。

「依田様も、西の丸様の御近習衆に抜擢なされたそうな。おこんさん、春は万物が芽を吹くように、われら人間も新たな出立をなす時期やもしれぬ。今津屋は奉公人も十分に揃っておられる。皆様のお言葉に甘えようか」

おこんが黙って磐音に頷き返した。

由蔵らに見送られて今津屋を出た。

降り積もった雪はほとんど解けて、日陰の軒下に見られるくらいだ。

両国西広小路では子供たちが凧揚げやら羽根突きをして遊んでいた。

二人はそんな正月の風景の中、両国橋に差しかかった。

「おこんさん、金兵衛どのがよろしいと申されるならば、海辺《うみべ》大工《だいく》町《まち》の霊巌寺《れいがんじ》に、おのぶどのの墓参に参らぬか」

おこんが磐音を振り返って、

「行ってくれるの」

「そなたの母はそれがしの母ゆえな」

おこんが磐音の手を握り、

「ありがとう」

と呟いた。

「よう、今小町、見せつけてくれるねえ！」

とすでに年始の酒が入った、顔見知りの左官の親方が声をかけた。

「親方、大事なうちの人ですもの。だれに遠慮がいりましょうか」

「言ってくれるじゃねえか。今津屋のおこんさんに惚れた何千人もの男がその言葉を聞いたら、よよと泣き崩れるぜ」

「正月です、親方の嘘を本気にとりますよ」

「おお、本気も本気だぜ。それにしてもおこんさん、三国一の婿どのを見付けたな」

「ありがとう、親方」

と受け流したおこんが見せる町娘の艶姿《あですがた》だった。

二

磐音は、金兵衛が預かってくれていた三柱の手作りの位牌をおこんが差し出すと晒し木綿《もめん》で包み、わずかな持ち物の間に入れて風呂敷でさらに包んだ。

夜具と炊事道具は長屋の連中が譲り受けていてくれた。

残るは自らの衣服の着替えだけだ。それとて何度も水を潜《くぐ》ったものばかりで、大川を越えて神保小路まで持っていくほどのものではない。だが、磐音にとってどれもが深川六間堀暮らしの思い出に繋がっていた。

「お父上、わが亭主どのの物持ちのよいことでございますこと」

「おこん、その気色が悪い言い方、なんとかならないか」

「お父っつぁん、金兵衛の娘は上様の御側御用取次速水左近様の養女に入るのよ。今から慣れておかないと恥をかくことになるわ」

「おめえに務まるかねえ」

「なんとかなると思うけどな」

おこんも今ひとつ自信がないようだ。

「さておこんさん、霊巌寺に参ろうか」

「坂崎さん、正月早々おのぶの墓参りに行ってくれるなんて悪いな」

金兵衛はそう言いつつも数珠《じゅず》と線香を用意した。

「金兵衛どの、参りましょうか」

磬音は背に風呂敷包みを負った。その上に、金兵衛に預けていた備前長船長義《おさふねながよし》を括り付け、菅笠を被った。

三人が差配金兵衛の住まいの前に出ると気配を察したか、長屋の住人が顔を揃えていた。

「三が日から、まるで夜逃げか雑兵《ぞうひょう》の戦《いくさ》仕度だな」

磬音の格好を見た水飴《みずあめ》売りの五作《ごさく》が言う。五作の女房のおたねは娘のおかやの手を引き、通いの植木職人徳三《とくぞう》とおいちの夫婦、青物の棒手振《ぼてふ》りの亀吉《かめきち》ら長屋の住人全員が出てきた。

すでに鼻水を啜りながら涙を浮かべているのは付け木売りのおくま婆さんだ。左官の常次《つねじ》は女房のおしまと孝太郎《こうたろう》をしたがえていた。

「おこんさんもさることながら、いよいよ浪人さんの気配が金兵衛長屋から消えるとなると、無性に寂しいぜ」

「五作どの、神保小路におかやちゃんや孝太郎どのを連れて顔を見せてくれぬか」

「川向こうか。深川住まいのおれたちには馴染みがねえ土地だぜ」

「なあに、あちらもこちらも同じ血が通った人間にござる」

「坂崎の旦那が佐々木磐音様となり、おこんちゃんも速水こん様だってさ」

やはりおたねの口調にも一抹の寂しさが滲《にじ》んでいた。

「おかやちゃん。お父っつぁん、おっ母さんと一緒に道場に来てね」

「おかやみたいな子供がいるの」

「おかや、お二人の家はな、江戸一番の剣道場だ。木刀を振り回す勇ましい侍はごろごろいてもよ、おかやのような娘はいないのさ」

「五作さん、私がおかやちゃんみたいに愛らしい娘を産むわ」

「そうだよ、おまえさん。おこんちゃんが坂崎の旦那の子をたくさん産めばさ、道場も少しはむさい感じが薄れて、賑やかになろうというもんじゃないか」

「そうだな」

磐音は背の風呂敷包みをひと揺すりして姿勢を正すと、

「ご一統様、長々と世話になり申した。それがしとおこんさんが川向こうに移り住もうと、交情が絶えるわけではござらぬ。金兵衛どのはこの地に残られるし、われらもまた季節の折々に顔を見せ申す。今後ともよしなにお付き合いをお願いいたします」

と別れの挨拶をした。するとおたねの両眼に見る見る涙が溢れて、五作が、

「ついでによ、金兵衛さんを連れていってくれると清々するがねえ」

と心にもない悪態をついた。

「五作さんや、この金兵衛はまかり間違っても川向こうには住まいしませんからな。覚悟なされ」

正月早々悪たれ口をたたいた金兵衛が、

「ささっ、二人とも寺に参りますぞ」

と誘《いざな》った。

磐音とおこんは今一度、顔馴染みに無言のうちに頭を下げた。

霊巌寺ではなんと庫裏《くり》に誘われて茶を馳走になった。

「長いこと墓参りに来ているが、茶に呼ばれたのは初めてのこったぜ。おこん、おめえの旦那はなにやら有名らしいな」

と門前に出たところで金兵衛が庫裏を振り返った。

「お父上、わが君は江都で並びなき剣の達人にございますれば、知る人ぞ知るでございましょうな」

「けえっ、また花魁《おいらん》のなりそこないのようなけったいな言葉遣いに戻りやがったぜ」

父と娘が最後の掛け合いをして、寺の門前で左右に分かれることになった。

金兵衛も寂しさを隠しきれないのだ。

「お父っつぁん、落ち着いたら道場に顔を見せてね」

「道場か。なんだかおれには馴染みがねえな」

「そんなこと言わないの。坂崎さんとこんの子が生まれても来ない気なの」

「孫か」

と思わず呟いた金兵衛が、

「おこんの子はおれの孫だもんな」

「悪くないでしょ」

「孫か」

と同じ言葉を繰り返した金兵衛は、手首に数珠をからめた片手を振って、さっさと急ぎ足で六間堀川へと向かった。

磐音にもおこんにも金兵衛の背が震えているのが分かった。

二人が再び両国橋を渡ったとき、すでに陽は御城の方角に大きく傾いていた。

「今津屋に寄っていく」

「いや、そういたさばまた刻限が遅くなろう」

「そうね」

「それがしが佐々木家に入るとなると、おこんさんの速水家へのお屋敷入りもそう遠いことではあるまい」

「その前にお佐紀様のお産が控えているわ」

「おこんさんの最後の奉公じゃな」

おこんが頷き、橋を渡りきった。

両国西広小路の人込みの中でおこんが訊いた。

「磐音様、坂崎さん……なんと呼んでいいか、私たちの関わりは今のところ微妙ね」

「関前では仮祝言をして夫婦《めおと》だが、江戸では未だ他人という間柄ゆえ仕方あるまい」

磐音が長閑にも呟くと、

「おこんさん、明日にも速水様の屋敷に年賀の挨拶に参らぬか」

「お佐紀様になにもなければそうするわ」

「造作をかけた」

と磐音は亭主らしくもない別れの挨拶をすると神保小路を目指した。

磐音が尚武館道場の門を潜ると、白山が背に荷を負った磐音に吠えかかろうとして思い止まり尻尾を振った。

「そなたのほうは早、道場に馴染んだようじゃな」

人の気配のする道場に、

「ただ今戻りました」

と声をかけると離れ屋に荷を置きに入った。まず仏壇に河出慎之輔、舞、小林琴平の三柱の位牌を安置し、おえいが用意してくれていた灯明を点して線香を手向《た》け、合掌した。

「慎之輔、琴平、舞どの。これからはここがそなたらの江戸の住まいじゃぞ。ゆるりと眠れ」

手作りの位牌は、真新しい仏壇にすえられ、なんとなく浮き上がって見えた。

「そなたらもそのうち落ち着こう。それがしも今宵からこの家で独り住まいということに相成ったが、未だわが家とも思えぬな」

と人の気配が薄い屋内を見回した。

そのとき、離れ屋の外から利次郎の声が響いた。

「坂崎様、先生がお呼びですよ」

「ただ今参る」

磐音が母屋の居間に向かうと、玲圓が高瀬少将輔の置いていった茶碗を前になにやら思案していた。

「茶碗が速水様のところから戻って参りましたか」

「坂崎、この茶碗、えらいものであったぞ」

玲圓の顔に驚きとも困惑ともつかぬ表情が漂っていた。

「それほどの名器にございましたか」

「太閤秀吉様縁《ゆかり》の赤織部《あかおりべ》、『一国茶碗』とも『散り桜』とも銘のある名品ではなかろうか、となれば怪しげな武芸者が所蔵するような持ち物ではないそうな。大名道具に間違いなかろうとの鑑定とか。速水様も早々に返却してこられたわ」

「先生のお見立て以上に大変な代物のようですね」

茶碗に味わいと景色を感じても、それ以上の感慨がない師弟だった。

「速水様が茶碗返却の使いに託《ことづ》けられたのは、松の内明けにも大聖寺藩の前田公に問い合わせるのも一つの方法であろうとのことであった」

「高瀬どのの持ち物ではないとなると、それがようございます」

「松の内明けにも大聖寺藩には使いを立てようと思う」

「先生、明日にもおこんさんと猿楽町に年始の挨拶にと思うております」

「おお、それはよい。年賀の挨拶のついでに、大聖寺藩への使いの件の是非を訊いてくれぬか」

「承知しました」

この宵、磐音は佐々木玲圓、おえいの三人で静かに夕餉《ゆうげ》を食した。

年始の客の絶えない佐々木家では珍しい光景だ。

住み込み門弟の利次郎らの声が、賑やかにも母屋の台所から響いてきた。

「おまえ様、坂崎との養子縁組を早々に執り行うのがよろしかろうと思いますが、如何《いかが》ですか」

茶になったとき、おえいが玲圓に問うた。

「関前の坂崎正睦《まさよし》様からも許しを得た今、早いほうがよかろう。とは申せ、松の内はたれもが忙しいでな、具足開きの正月十一日の朝、内々の方々をお呼びして執り行うのがよかろうと思う。坂崎、どうじゃな」

「畏まりました」

磐音の返答は迷いがない。すべて運命に順ずる覚悟が付いていた。

武家方の年始めの行事、具足開きは例年十一日に賑やかに催され、佐々木道場でも門弟一同が顔を揃える。

今年は佐々木道場が大改築を終えて初めての新年である。尚武館という道場名が新たに加えられた、最初の記念すべき具足開きでもあった。

道場の後継を決め、内外に告知するに最も相応《ふさわ》しい日と言えた。

磐音にはなんの異論もなかった。が、ただ一つ気がかりがあった。そのことをどうしたものか、磐音はちらりと迷い、心の中で決断した。


離れ屋での初めての夜、磐音はなかなか寝付けなかった。なんとなく来し方行く末を考えていて、眠りに就いたのは四つ半（午後十一時）過ぎであったか。

どれほど眠ったか、白山の騒ぐ声に目が覚めた。

磐音は寝巻姿に念のために木刀を携え、離れ屋から門に行った。

直心影流剣術家佐々木玲圓の名は江都に知れ渡っていた。

とはいえ事情を知らぬ泥棒が忍び込むこともありえないわけではない。だが、白山が奇妙な吠え声とも唸り声とも甘え声ともつかぬ騒ぎ声を上げているところをみると、だれが忍んできたか、磐音は推測がついた。

磐音が門前の内側に忍び寄ると、白山が暗がりで尻尾を小さく振った。

「白山、騒ぐでない」

高瀬少将輔の連れの忍びやかな声がした。

「高瀬どのも同道しておられるか」

磐音が門の外に尋ねた。すると、ぎくりとした気配がして沈黙した。

「白山を取り戻しに参られたか、それとも茶碗が欲しくなられたか。返答次第では相談に乗らぬでもない」

門の外は沈黙したままだ。

「答えぬでは、こちらもそなたらの希望に応えようはない」

磐音の穏やかな声に、門の外でなにか相談がなされたようだ。どうやら二人連れと思えた。

「白山はこちらでお飼いいただいて一向に差し支えござらぬ」

でぶ軍鶏と最初に対戦した中松貴久蔵の声だ。

「となると茶碗かな」

「高瀬様が申されるには、剣術家佐々木氏は茶碗になど関心がなかろう。われら路銀に窮したこともあり、茶碗をお返しいただければ実に幸甚……」

「と申されたか」

門の外は沈黙した。

実に虫のよい話である。磐音は苦笑いし、促した。

「中松どの、正直に申されよ」

「高瀬様はその茶碗を取り戻したい考えがござってな、われらに、その、命じられたのでござる」

「ところが白山に騒がれ、門内に入れなかったのでござるな」

「まあ、そのようなところか」

「ご両者、過日の夜の所業はこの際忘れるとして、夜間門内に忍び入れば泥棒押し込みにござる。道場にはそなたらも承知の門弟衆が住み込んでおられる。怪我をしてお役人に引き渡されることを覚悟なされるか」

門の外がざわざわして沈黙した。

「茶碗を取り返してどうする気であったな」

「江戸に入った直後、年の暮れのことにござる。旅籠に古道具屋を呼んで値をつけさせた。江戸の道具屋はいずれも即座に値をつけぬ。主に相談してくるゆえ茶碗を預からせてくれと、厚かましき口上でな、高瀬様は手元に茶碗を置かれて年明けに改めて別の古道具屋を呼ぶ気でおられた」

「それが元日に当道場を訪れ、茶碗を賭けての勝負に負けたというわけじゃな」

「高瀬様が申されるには、門弟ゆえちと油断があった。あれは本気の勝敗ではないと」

「ほう」

「それに本日、年の暮れに鑑定に参った古道具屋の主自ら旅籠に参り、百五十両ならば即金にて買いたしとの申し出。そこでわれらがかように訪問した次第にござる」

「忌憚《きたん》のないお答えゆえ申し上げる」

「なんだな」

「佐々木先生もあの茶碗の戻し先を考えておられてな」

「それは重畳《ちようじよう》」

門外の人物は茶碗が自分らの手に戻されると勘違いしていた。

「よくお聞きくだされ。松の内明けにも大聖寺藩の江戸屋敷に連絡し、あの茶碗の出所を確かめていただく所存にござる」

「な、なんと」

「かく高瀬どのに言付けられよ」

「それは困った」

「名茶碗の赤織部は、しかるべき持ち主に返すのが世の慣わしにござろう。そなた方にもよかろうゆえそういたすとな」

「赤織部とはなんだな」

中松らはやはり茶碗のことをよく知らなかった。さらに門の外で中松らがごちゃごちゃと相談し、

「あの茶碗が売れた暁には道場になにがしか謝礼をいたしてもよいが、この儀、如何にござるな」

と言い出した。

磐音は白山の頭を片手で撫でながら、さらに苦笑いした。

「わが主高瀬少将輔様は、金子には厳しい方ゆえ、どのようなお考えをなさるかしれぬのだ」

ほとほと困ったという声だ。

「わが師佐々木玲圓、至って金子には関心がなき仁にござる。茶碗を古道具屋に

売ることなど諦《あきら》められよ」

「われら、どのように高瀬様に復命すればよい。そなた、高瀬様が本気を出しても知らぬぞ」

「そろそろ住み込み門弟が起きてくる刻限である。そなたら、早々に立ち去らねば、今度は佐々木道場の面々が本気を出して打ち据えよう。いかがなさるな」

磐音の言葉のあともしばらく門前に佇む様子を見せたあと、中松らの気配が消えた。

磐音はすっかり目が覚めていた。

離れ屋に戻ると稽古着に着替え、手に長船長義を携えて道場に出た。

神棚を前に結跏趺坐《けっかふざ》した磐音は瞑想《めいそう》に入った。

気を鎮めた後、静かに立ち上がった磐音は、備前の刀鍛冶《かじ》、正宗十哲《まさむねじってつ》の一人長船長義が鍛造した剣を腰に落ち着けた。

両足を肩の幅に開き、右足を前に踏み出すと息を吸い、止めた。

「はっ」

流れるように刃渡り二尺六寸七分、反り五分五厘《りん》の大業物《おおわざもの》が抜かれ、尚武館の闇を斬った。

磐音は直心影流の兵法目録の八双発破《はっそうはっぱ》から円連《えんれん》までの動きを静かになぞった。

動きを終えた磐音を見詰める人がいた。

見所に佐々木玲圓が座して磐音の動きを見ていた。

磐音はその場に座すと黙礼した。

「坂崎、久しぶりかな」

「はっ」

もうすぐ親子となる師弟は短い応酬《おうしゅう》で理解し合った。

玲圓が見所から木刀を手に下りた。

磐音も木刀に持ち替え、玲圓の前に進んだ。

「お願い申します」

「よかろう」

尚武館道場主と後継者が相正眼に木刀を下ろした。

その瞬間、道場内にぴりりと緊迫した気が走り、鎮まった。それから半刻（一時間）、闇の中で師弟の稽古が厳《おごそ》かにも続いた。

住み込み門弟重富利次郎らがいつものように朝稽古に出てきて、道場の入口で足を止めた。

闇の中で行われる一分の隙もない攻防に言葉を失い、ただ立ち竦んだ。

三

この日、磐音はおこんを伴い、表猿楽町の速水左近邸を年賀の挨拶に訪れた。時の将軍家治の御側御用取次の速水屋敷の門前には大名、大身旗本の御用人や留守居役らしい人々の乗り物が止まり、年始の挨拶に詰めかけていた。

生来、速水左近は猟官《りょうかん》運動を嫌い、屋敷を訪れる人々はすべて会うことを拒んでいた。その評判が定着して、まず普段の日は、門前市をなす光景など見られない。だが、正月の年始の挨拶に事寄せて、このときとばかりに各家の留守居役などが大勢押し寄せた。さすがに速水家でも年始儀礼の客を断るわけにはいかない。門内に受付を設けて速水家用人らがその応対に汗をかいていた。そこでは名札を受け取り、後々主に報告することが説明されていた。またいかようなものであれ持参の品々は受け取らず、持ち帰らせた。それでも、

「わが国許で採れた若布《わかめ》でござれば、ほんの気持ちにござる。台所にてお使い捨てくだされ」

とか、

「わが領内で産した椎茸《しいたけ》にござる」

とかなんとか理由を付けて押し付けようとした。だが、速水家では頑として受け取らなかった。いくら国の特産品と称しても、中に小判や高価な品が隠されていることもあったからだ。

おこんがこの光景に驚き、

「まあ、正月早々速水家は大変だわ」

「おこんさん、これがそなたの養家の正月風景じゃぞ」

「武家方なら長閑な松の内と思いきや、なんとまあ」

と言うと門前で絶句した。

門前に待機する使者や供の者たちが、武家風にきりりと島田髷に結い上げ、清雅な臙脂《えんじ》地の小紋を着たおこんを呆然と見た。

応対をする速水家の用人鈴木《すずき》平内《へいない》が二人の到来に気付き、

「坂崎様、おこん様、明けましておめでとうございます」

と年始の挨拶をなした。二人も返礼すると、

「ご苦労に存じます」

と新年早々の御用を労《ねぎら》った。

「毎年の光景で慣れております」

と答えた鈴木が二人の案内に立ち、大きく開かれた表門から邸内に入ると、内玄関から奥へと案内していった。内玄関から一歩奥に入ると、門前とは異なり静寂に包まれ、庭の梅の木で鶯《うぐいす》が、

「ほーほけきょ」

と初音を上げていた。

本来武官の家系の速水家は、将軍家を警護する御番衆の役職を継いできた。だが、左近の代に清廉な人柄を買われて家治御側衆の一人に取り立てられ、さらに御側御用取次という、将軍と老中らの取次をなす要職に抜擢された。もはや速水左近のもとには老中もが一目を置く、

「絶大な力」

が集中していた。どのような奏上も御側御用取次を通すことになるからだ。

「上様御不快にござれば」

と家治を代弁して上申を婉曲《えんきょく》に断ったり、延期したりすることもできた。

将軍家の代わりを務めるこの役職がどれほどの影響力を持つものかよく承知す

る速水だけに、大名家や大身旗本の用人らに直《じか》に会うことはなく、非礼とは知りつつも門前で追い返したのだ。

「殿、坂崎様とおこん様がご入来です」

「おおっ、わが娘が参ったか」

磐音はこれまで何度か速水邸を訪れる機会があった。速水夫妻が今津屋吉右衛門とお佐紀の仲人だったからだ。だが、磐音は用事のある時以外は速水屋敷には近付かなかったし、速水も招かなかった。幕閣にいる者の当然の用心であった。

二人は廊下に座して年賀の挨拶をした。

「まず入られよ。そこでは話もできぬ」

磊落《らいらく》に書院に招いた速水は、小姓に手伝わせて書き物をしていた様子だ。小姓に何事か命じて去らせた。

「旅の疲れは取れたかな」

「お蔭さまにて普段どおりの暮らしを取り戻しました」

「私も、お佐紀様の体調が気がかりなだけで、もはや旅の疲れなどございませぬ」

「今津屋に赤子が生まれれば、明日にもわが家に来られるのにのう」

と速水が笑った。

「赤織部の茶碗を巡り、いささか動きが生じました」

と昨夜の騒ぎを告げた。

「先生が申すには、佐々木の手の中にある以上、赤織部を万が一にも他人に渡すことはござらぬ。なれど、大聖寺藩所蔵の名高い茶碗と分かれば早々にご返却したい。速水様にこの旨、大聖寺家へお取り次ぎいただきたいと、佐々木玲圓の言《こと》伝《づて》にございます」

「なんと、愚か者がそのような策動をいたしおるか。明日にも城中にて前田利道《としみち》どのにお目にかかろう」

と快く承諾してくれた。

廊下に足音が響いた。

「おまえ様、お呼びにございますか」

との声がして、廊下に速水左近の奥方和子《わこ》がにこやかに姿を見せた。

その傍らには、速水家嫡男十四歳の杢之助《もくのすけ》、次男の十二歳右近《うこん》、長女の十一歳の典《のり》、次女の九歳の雅《みやび》の四人が従い、書院に入ると母を真似て行儀よく正座した。

磐音もおこんも姿勢を正した。

二人が初めて見《まみ》える速水家の子供たちだった。

「坂崎様、おこん様、新年明けましておめでとうございます」

和子の挨拶に四人が和して二人も返礼した。

「そなたらの義姉《あね》になるおこんじゃぞ。よいか、おこんがわが屋敷におるときは、そなたらの実の姉と思い、おこんの申すことをよう聞いて従え。またおこんが知らぬことがあらば、なんでも遠慮のう教えて遣わせ。おこんは町屋育ちゆえな」

「はい」

と四人が声を揃えた。

杢之助と右近はおこんを眩《まぶ》しそうに見た。

「杢之助、右近、そなたらの姉は美形であろうが。巷《ちまた》では今小町と評判の姉様じゃからのう」

普段は言わぬ父親の冗談と笑みに、二人の男の子は顔を赤らめた。だが、末っ子の雅は、

「父上、姉上はほんとうにお綺麗にございますな。雅はよう言うことを聞いて姉上のように綺麗になります」

「雅、よう言うた」

おこんが笑みを浮かべた顔で、

「李之助様、右近様、典様、雅様、お父上が仰《おつしや》るように、町屋育ちのこんは、武家方の暮らしを何一つ存じませぬ。どうかよろしくお教えください」

と両手を突いて願うと、四人も、

「こちらこそよろしゅうお願い申します」

と応じた。

「坂崎どの、男子二人は数年前からそれがしが暇を見付けて剣術の手解《てほど》きをして参った」

速水左近は小野次郎右衛門《おのじろうえもん》が始祖の小野派一刀流奥儀を会得した剣の達人である。それがゆえに佐々木玲圓と剣友の交わりを続けてきたのだ。

「李之助はこの春には元服を迎える。そこでわが手を離れて本式の剣術修行を考えておるところじゃ。どうじゃな、尚武館に入門させてくれぬか」

「それはよろしきお考えかと存じます。尚武館の道場主は佐々木先生にございますれば、速水様が直に願いくだされ」

「玲圓どのの許しはすでに得てあってな。玲圓どのが申されるには、磐音が佐々木家に入った暁には道場の運営を速やかに磐音の手に移したい。磐音が承知ならばこの具足開きから稽古に参られよ、との言葉であった」

「ならばなんの異論がございましょうや」

と応じた磐音は、

「杢之助どの、そなたのお父上は小野派一刀流の紛《まご》うことなき達人であられる。そなたもわれらと一緒に精進して、一日も早くお父上の腕前に近付くがよかろう」

「坂崎様、ご指導お願い申します」

「畏まってござる」

具足開きの日に速水杢之助の尚武館道場の入門が決まった。

「具足開きで思い出しました、速水様。この朝、内々にてそれがしの佐々木家への養子縁組をいたしますゆえ、速水様には少し早めに道場へおいでくだされとの玲圓の言伝にございます」

「おおっ、目出度きことが重なるな。なによりのことじゃ。承知したと玲圓どのに伝えられよ」

正月のことだ。

速水家で夕餉と酒を振る舞われた磐音とおこんが表猿楽町の屋敷の門を出たのは六つ半（午後七時）の刻限だった。さすがに大身旗本の屋敷が続く界隈は人影もなく静かだった。

「江戸に戻った早々、われらの身辺は急に慌ただしくなったな」

今宵の速水家で、おこんの養家入りは今津屋のお佐紀が出産を終えた後と、改めて話し合われたからだ。

「おこんさん、お佐紀どのの具合は」

「何度もお産婆さんがいらっしゃるけど、なかなか。この松の内に生まれても不思議ではないというのだけど」

「こればかりは、周りがやきもきしてもいかぬでな」

武家地は人影もなく、常陸土浦《ひたちつちうら》藩土屋家の築地塀《ついじべい》の下には雪がうっすら残っていた。

錦小路から鎌倉河岸の西端に出た。すると御堀から冷たい風が吹き上げてきた。

「速水様は子福者であられるな」

「二男二女、どなたも素直なお子様ね」

「いや、二男三女じゃ」

「おやおや、こんを数に入れてもらえるの」

「おこん、神保小路の跡継ぎをたくさん産んでくれ」

「今度は母親に早代わりだわ」

磐音がおこんの手を握った。白くて柔らかくふんわりとした手が握り返してきた。

磐音は、道場を出たときから付き従う尾行者がどんな顔をしているやらと、胸の中《うち》で苦笑いした。

今津屋では店仕舞いしたところだった。

「老分さん、お内儀様にお変わりないですか」

「ございませぬな。私どもがあまりにも手薬煉《てぐすね》引いて待ち受けておりますから、赤子もなかなか姿を見せられませぬ」

と由蔵が困惑の表情を見せた。そして、

「お二人が出かけられた後、中川淳庵《なかがわじゅんあん》先生もお店に姿を見せられ、お内儀様の診察をなされて、母子ともに健やかゆえこの数日内には吉報が届こう。なんぞあればわがほうなり桂川国瑞先生へ使いをくだされ、すぐに産婆どのの援軍に駆けつけると、心強い言葉を残していかれました」

「中川さんが見えられましたか、それはなんとも残念でした」

「淳庵先生もお二人にお目にかかりたいと、楽しみにしておられましたぞ。坂崎様はすでに神保小路に引っ越されたと申し上げますと、ならば尚武館を訪ねようと言い残されました」

頷く磐音におこんが訊いた。

「奥に通る」

「いや、お佐紀どののになにもないようならば道場に戻ろう」

磐音はその足で再び表に出た。

神田川沿いに柳原土手《やなぎわらどて》を遡《さかのぼ》った。

正月三日、人の往来が絶えた土手道にひたひたと尾行する足音が響いた。

磐音は常陸谷田部《やたべ》藩の塀の暗がりにひょいと姿を隠した。すると尾行していた足音が急に慌ただしく変わった。

「その場に止まられよ」

磐音は暗がりから尾行者に呼びかけた。

「うっ」

と洩らした尾行者が動きを止めた。

「高瀬少将輔どのに昨晩の言伝はなされたな」

返答はない。

「本日、それがしが訪ねた先を承知じゃな。上様御側衆速水左近様の屋敷でござる。速水様に大聖寺藩への仲介を願うたのだ。もはやあの茶碗、そなたの主の高瀬どのの手の届かぬところにいった。この際、諦めることが肝心とお伝えくだされ」

これ以上つまらぬ考えを起こさぬよう、磐音は高瀬らに釘《くぎ》を刺したつもりだった。

「いかが、承知なされたか。承知なされぬとなると、次は公儀が動くことになり申す」

沈黙のまま後ずさりしていく気配があって尾行者が消えた。

その日、朝稽古が終わったのは昼前に近かった。

尚武館道場の門前に城下がりの乗り物が何基も入り、速水左近が初老の武家を伴い、佐々木玲圓を訪ねてきた。

道場にいた磐音は母屋に呼ばれた。顔と手を洗い、稽古着を着替えて母屋に向かうと、四人が例の茶碗を真ん中にして、その一人が仔細に鑑定していた。

「お呼びにございますか」

廊下に座した磬音が声をかけた。

「参ったか。大聖寺藩の江戸家老庄田幹松《しょうだみきまつ》様と御手道具方村沢悦山《むらさわえつざん》どのだ」

磬音が見知らぬ二人を玲圓が紹介した。

「庄田様、この者が佐々木道場の後継の坂崎磬音でござる」

磬音は不安そうな初老の江戸家老に黙礼した。

そのとき、もう一人の御手道具方の村沢が、

「ご家老、大聖寺の御蔵から消えた、赤織部『一国茶碗散り桜』に相違ございませぬ」

「おおっ」

と喜びの声を発した庄田が、

「傷はないか」

と質した。

「無傷にございます」

「よかった」

心から安堵《あんど》した声が江戸家老から洩れた。

「これで利道様もひと安心なされよう」

鑑定していた村沢が布に茶碗を包み、古びた箱に仕舞った。そして、茶碗をどうしたものかという顔で庄田を窺った。

「佐々木先生、速水様にお伺いいたしましたところ、道場破りが身の程知らずにも尚武館の扁額とこの茶碗を賭けて試合をなしたとか。この茶碗をわれら大聖寺藩が家宝として所持していたのは確かにござるが、紛失した後、かように江戸にある。それも剣術の試合に負けて佐々木道場の持ち物になっておるのは確かなこと。まことに失礼とは存ずるが、この茶碗、大聖寺藩にお譲りいただきたい」

と庄田は傍らに用意してきた袱紗《ふくさ》包みを玲圓の前に静かに差し出した。そのふくらみからして何百両もの小判と思えた。

「勝負と申しても、われらにとっては座興のごとき試合にございましてな。茶碗の出所が分かればお返しするのが筋にござる。ご随意にお持ちくだされ」

「なんと申されますな」

「佐々木玲圓、恥ずかしながら茶の湯にはいささかの心得もございませぬ。赤織部『一国茶碗散り桜』を所持いたしても猫に小判にござる」

と玲圓が高笑いし、速水も頷いた。

「庄田様、一つだけお願いがござる」

「なんでございましょうな、佐々木先生」

「高瀬少将輔なる者は大聖寺藩と関わりの者にございますかな」

「佐々木先生のお心遣いに対し、われらも茶碗を失《な》くした経緯を話すのが礼儀にございましょう」

とそのことを覚悟してきたか、庄田が息を整えた。

「この茶碗、大聖寺藩立藩に関わるものでございましてな。ご存じのとおり大聖寺藩は関ヶ原以前山口正弘様の領地にござった。関ヶ原の合戦において西軍に応じて大聖寺城に籠城《ろうじょう》した山口家を攻め滅ぼしたのが、金沢二代藩主前田利長《としなが》公にございました。その折り、正弘どのは腹かっ捌いて見事に自刃なされましたが、遣いにこの太閤秀吉様縁の赤織部を託して、利長様に一族と家臣の助命を乞《こ》われた経緯がございます。散り桜、大聖寺藩山口家は救えませんでしたが、一族と家臣の大半を救った命の茶碗にございます。代々金沢支藩大聖寺の家宝として所持されてきたものにございます」

と説明すると一息ついた。

「この茶碗など大聖寺藩所蔵の御道具を守ってきたのが高瀬家にございました」

「高瀬少将輔はご家臣にござったか」

「それも初代利治様の側室の縁につながるものでしてな、大聖寺では高瀬家は禄《ろく》高《だか》こそ低うございますが名家として敬われておりました。ところが少将輔、子供の頃よりなにを勘違いいたしたか、剣術に熱を上げ、恥ずかしながら大聖寺藩ではそれなりの腕前にございましたそうな。昨秋、少将輔、些細《ささい》なことから剣仲間と口論に及び、この者を殺害して藩の御蔵からこの茶碗など数点を盗み出し、仲間と誘い合って上方から江戸に下ってきたものと思えます」

「それで呑み込めました。ご心配でございましたな」

「少将輔の持ち出した道具を換金しつつ江戸に入ったのでしょうが、他の品々は大したものではございません。利道様もなんとしても赤織部だけは取り戻さねば本藩金沢にも申し訳が立たぬと、この数か月、夜も眠れぬほどのご心労にございました。まさか江都一の尚武館佐々木玲圓道場に押しかけた高瀬めが身の程知らずにも勝負を挑み、その賭けの品にするなど、恥知らずも度が過ぎております。大聖寺藩としては慙愧《ざんき》に堪えません」

と庄田が玲圓に深々と頭を下げて、赤織部「一国茶碗散り桜」は元の大聖寺藩に戻ることになった。

「まずこの赤織部を殿にお目にかけ、安心していただきとうございます。その上で改めてお礼に上がります」

「その要はござらぬ」

と玲圓があっさりと応じた。

「庄田様、一つだけ確かめたきことがございます」

庄田が訝しそうに磐音を見た。

「もし高瀬どのがわれらの前に立ち現れました暁にはいかがいたしましょうか」

「その気配がございますか」

「はてどうか」

「もしそのような節は斬り捨てになされてくだされ」

庄田が険しい口調で言い切った。磐音はしばし沈思し、

「もしそのような折りには大聖寺藩に身柄をお届けいたします」

と約束した。その磐音に玲圓が、

「そなたが危惧するように、高瀬少将輔がなんぞ新たな考え違いを起こしてもならぬ。そなた、大聖寺藩お屋敷まで茶碗をお守りいたせ」

と命じ、磐音は畏まって聞いた。

四

穏やかな新春の日々が過ぎ去った。

お佐紀は初産のせいか、なかなかその兆候を見せず、当人は、

「赤ちゃんを産むには少しばかり年齢が遅すぎたのでしょうか」

と周りに洩らし、それを聞き知った吉右衛門が、

「お佐紀、なにを言うのです。この世の中にはそなたより十も十二も年上で元気な赤子を産んだ方が何人もおられます。かようなものはすべて天の定めたるところ、泰然自若としていれば、潮が満ちるようにその瞬間《とき》が厳かに参ります」

と激励した。

またお佐紀の実家、小田原城下で脇本陣を営む父親の小清水屋右七《こしみずやゆうしち》が安産の神様だというういろいろなお札を送ってきて、

「目出度き知らせを待って早々に上府する」

との文が添えてあったりした。

お佐紀のことはすべておこんに任せていた。これればかりは吉右衛門も磐音もなんの手伝いもならなかった。

そんな一日、磐音は駿河台の豊後関前藩上屋敷を訪ねた。ご用人へ書状を差し出し、その日の訪問の許しを得ていた。

そのせいで、正月気分が漂う屋敷内奥へと直ちに案内された。

廊下を行くと、藩主福坂実高《ふくさかさねたか》とお代《だい》の方の屈託のない笑い声が響いてきて、関前藩内が穏やかなことを磐音に教えてくれた。

「殿、坂崎磐音様にございます」

案内の小姓が声をかけ、磐音は廊下に平伏した。

この日、磐音はおこんが見立てた鶯色の小袖袴《こそでばかま》に羽織で装っていた。

「殿、お代の方様、ご壮健なご様子を拝察いたし、坂崎磐音、安堵いたしました。また昨年には殿のお許しを得て豊後関前城下を訪ね、永の逗留をいたすことが叶いました。まことにもって感謝の言葉もございませぬ。おこんどのとそれがし、大晦日の除夜の鐘が鳴ろうという時分に江戸に帰着いたしましたゆえ、ご挨拶が遅れまして申し訳ないことにございます」

「磐音、そのような挨拶は無用じゃ。近う寄って顔を見せよ」

再三の言葉に挨拶を中断した磬音は座敷に入り、正座して姿勢を正すと、顔を上げた。すると笑みを浮かべたお代の方がにこやかに頷き返し、実高が、

「磬音、礼を申すはそなたのほうではない、この実高じゃぞ。藩内にまたぞろ腐敗の種が生じ、それが関前藩の藩政改革に支障を来たさんとしたようだが、正睦とそなたら父子、ならびに家中の尽力で大掃除ができたそうな。国許からの報告で仔細を承知しておる」

磬音が抗弁しかけると実高が静かに笑みで制し、

「磬音、さらにはそなた、旅程を変えてまで筑前博多に参り、博多の箱崎屋次郎平《はこざきやじろべい》と親交を結び、関前藩と箱崎屋の仲を取り持ってくれたそうじゃな。正睦が、これで関前藩の財政改革はまずまず成し遂げられたと申してよかろう、と書き送ってきた。磬音……」

実高はしばし言葉を切った。そして、磬音の顔を正視し、

「それもこれも坂崎磬音の働きであった。のう、お代、礼を申すはわれらであろうが」

「いかにもさようでございます」

とお代の方も鷹揚に応じた。お代の方は肥前小城鍋島家《ひぜんおぎなべしま》の息女だけに苦労なく

娘時代を過ごし、実高に嫁いで大名家の内情の苦しさを知った女性だ。

「殿、お代の方様、それもこれもそれがしのわがままをお許しくだされた殿のご寛容があったればこそでございます」

磐音は思わず絶句した。

「磐音、もう申すな。互いの心の中は双方が承知じゃ。それ以上の言葉を重ねる意味があろうか」

「はっ、はい」

磐音は胸の高ぶりを鎮めた。

「磐音、おこんさんは関前滞在に満足していましょうな」

「お代の方様、おこんどのにも終生の故郷となりました」

「そなたら、帰りたくばいつでも関前に帰れよ。藩内にその旨申し渡してあるでな」

「殿、一つだけそれがしから付け加えさせてくださりませ」

「なにか」

「城下外れ猿多《さるた》岬《さき》の墓の一件にございます。殿の御心でよき場所によき墓所が得られ、訪れたそれがし、感涙に咽びましてございます」

「墓参に参ったか。正睦の再三の願いもあったでな。すべては明和九年の騒動に端を発したことであった。そなたが河出慎之輔、小林琴平、河出舞の墓参をしたことで、騒動は一応の決着をみたということじゃ。いくら嘆いたとて、亡くなった者たちはもはやわれらの前には戻ってこぬ」

磐音はただ頭を下げた。

しばし沈黙の後、お代の方が、

「磐音、未だ松の内、酒を差し上げたいが、そなたなんぞ用向きがあって参られたのではないか」

と気遣った。

「殿、お代の方様、いかにもさようにございます」

「磐音、佐々木玲圓どのの養子縁組の日取りが決まったか」

「お察しのとおり、具足開きの朝にそれがし、佐々木家へ養子に入ります」

「そうか、坂崎の姓は磐音から消えるか。寂しいような、悲しいような。そなたが大きく羽ばたく予兆、実高、喜ばねばなるまいな」

「殿、いかにも坂崎磐音から佐々木磐音と代わり、磐音は大鷲《おおわし》のようにこの青空に舞い上がりますよ。お祝いにございます」

と潔くも言ったお代の方がぽんぽんと手を打ち、膳部を運んでくるように命じた。

七日正月も終わり、尚武館の具足開きの朝を迎えた。

この朝、稽古を早めに切り上げた佐々木家の母屋の座敷に白地屏風《びょうぶ》が立てられ、祝い鯛《だい》、昆布、鰹節《かつおぶし》、勝ち栗《ぐり》などが三方《さんぼう》に飾られて置かれていた。

招かれた客は御側御用取次速水左近、豊後関前藩物産所組頭中居半蔵《なかいはんぞう》、今津屋吉右衛門、門弟を代表して西の丸御近習衆に取り立てられた依田鐘四郎、それに継 裃《つぎかみしも》姿の佐々木玲圓と坂崎磐音のわずか六人の男ばかりだ。

銀屏風の前で速水の仲介で玲圓と磐音が杯を交わし、静寂のうち、短くも厳かに終生の親子の縁組を終えた。

「佐々木家の弥栄《いやさか》の隆盛が、この杯固めにて万全となり申そう。祝着至極にござる」

速水左近の言葉の最後を一同が和して、坂崎磐音の名は消えた。

磐音は五人を前に平伏すると、

「佐々木磐音、養父《ちち》にして師佐々木玲圓の名を汚すことなく、直心影流尚武館道場の名を江都になお一層高めんと日々精進修行に相努めます。皆様方にはこれまでどおりのご指導ご鞭撻《べんたつ》を賜りますよう願い奉ります」

と頭を下げた。

おえいが佐々木家の紋入りの継裃を磐音に贈り、それに着替えた磐音の晴れ姿の披露で儀式を終えた。

「佐々木磐音どの」

と厳かな雰囲気が漂う中、仲介を取り仕切った速水左近が言い出した。

「はっ」

「そなたに、祝いの品が届いておる」

「祝いの品が、でございますか」

磐音には思い当たる節がない。訝しげな顔で速水を見た。

速水は別室に待機させていた小姓を呼ぶと、紫の布をかけた三方が恭《うやうや》しくも運ばれてきた。

「西の丸様からそなたへの贈り物にござる」

「なんと家基様からの御下賜《ごかし》の品にございますか」

磐音は思いもかけぬ言葉に問い返した。

先の日光社参の折り、父家治の考えで日光社参に密行した若き家基を警護したのは佐々木玲圓、磐音だ。一座の者の中でこのことを知らぬのは、依田鐘四郎と中居半蔵の二人だけだった。

鐘四郎は段々と西の丸と佐々木家の関わりを知り、自らの御近習衆への配置替えが速水や玲圓らの考えに基づくものであったことを改めて思い知らされていた。

三方の上の紫の布がぱらりと速水の手で払われた。

黒塗家紋蒔絵《まきえ》小さ刀がそこにはあった。

「おおっ」

と一同が嘆声を上げたほどの見事な拵《こしら》えだ。

小さ刀は脇差《わきざし》よりさらに短く、登城の際に大紋の腰などに携えられた。

「速水様、佐々木磐音、お返しする言葉も見付かりませぬ。家紋入りの小さ刀、しかと佐々木磐音拝受したと西の丸様にお伝えくださりませ」

「承《うけたまわ》った」

もはやその場にいる一同は小さ刀に込められた意を察していた。だが、だれもそのことに言及しなかった。

式は滞りなく終わり、一同母屋から尚武館へと移動した。そこではすでに例年どおりの具足開きが仕度されていた。

昨年と違ったとしたら、尚武館の具足開きを近隣の家中に開放したことだ。稽古着姿の二百数十人の門弟が道場に居並び、左右の壁際に設けられた高床に見物人が座し、見所にも江戸武術界の最長老、神道無念流《しんどうむねんりゅう》の野中権之兵衛《のなかごんのひょうえ》らが顔を揃える光景は、

「壮観」

の一語であった。

真新しい稽古着の糸居三五郎《いといさんごろう》が声を張り上げた。

「ただ今より安永七年直心影流尚武館佐々木玲圓道場の具足開きを執り行います」

それまでも静寂を保っていた場内がさらに森閑とした気配に変わった。

見所脇の入口から佐々木玲圓、磐音の二人が継裃で登場し、数歩進んだところで神棚に拝礼し、さらには見所、高床に黙礼した。

磐音も玲圓に倣った。

「四海静かなる安永七年の年明け、どなた様にも恭賀のご挨拶を申し上げます。例年どおりの具足開きなれど、本年は一つだけご一統様にご報告がございます。

これに従えし門弟坂崎磐音、本日をもって正式に佐々木家の養子に入り、当道場の後継佐々木磐音として新たなる出立をいたします。ご一統様にはこれまで以上のご厚情とご指導のほど、佐々木玲圓、願い奉ります」

おおっ！

という驚きの声が静かに道場内に広がった。

玲圓の顔がようやく和み、

「わが尚武館もどうやら世代の変わり目に差しかかった模様にて、今年はちと具足開きの趣向を変えようかと存じます」

と言い足し、

「糸居三五郎、根本大伍《ねもとだいご》、田村新兵衛《たむらしんべえ》、梶原正次郎《かじわらまさじろう》、依田鐘四郎、前へ」

と道場中央に居並ぶ門弟から五人の名を呼び上げた。

「はっ」

と畏まった稽古着の五人が玲圓の前に歩み寄り、座した。

梶原を除く四人は先の尚武館柿落《こけら》としの大試合に出場した面々だ。梶原も当初は出場が予定されていたが、道場外からの自薦他薦の兵《つわもの》の数が多く、心ならずも出場を辞退していた。まず実力で尚武館を代表する門弟といえた。

「そなた ら五人と佐々木磐音の試合を本年の具足開きの幕開けといたす。そのほうら遠慮のう磐音を叩き伏せよ」

どどっ！

と今度は道場がどよめき、揺れた。

道場中央にいた門弟たちが左右後ろに下がり、座した。

「先生」

と声を上げたのは鐘四郎だ。

「どうした、鐘四郎」

「若先生との試合、一対五にございますか」

「それでは、そなたらの面目が立つまい。また剣者は常に己一人の力と技に頼りて生き、死ぬ覚悟の武士《もののふ》であらねばならぬ」

「畏まって候」

五人が道場の西に下がり、順番をめぐってか衆議した。

磐音は家紋入りの継裃のまま竹刀を握った。

審判は当然玲圓の務めだ。

「一番手」

という玲圓の声に、柿落としに欠場を強いられた梶原正次郎が進み出た。

尚武館に静かな緊張が満ちた。

長身の梶原は面打ちが得意技だ。

礼をし合った瞬間、梶原は迷うことなく上段に竹刀を置いた。

磐音は正眼の構えだ。

睨み合うこと瞬余、
ええいっ！

という気合い声が梶原の口を衝《つ》き、前後に足を踏み替えていたが、突如飛燕《ひえん》に変わった。長身の上、腕が長い梶原の面打ちは相手がそれに気付いたときには遅く、
どーん！

と天井から竹刀が落ちてきた。こちらがいくら竹刀を振るっても懐の深い梶原の体に届かないのだ。

磐音も梶原も互いの手の内は承知していた。

梶原正次郎の長身が伸びて、頭上から竹刀が雪崩《なだ》れ落ちてきた。

それでも磐音は動かない。

引き付けるだけ引き付け、動いたのは梶原の竹刀が磐音の面に届こうという瞬間だ。

正眼の構えの竹刀が、

そよ

と吹き流れて、落ちてきた竹刀を弾き、踏み込んでくる梶原の面に軽く当てた。

梶原正次郎の膝ががくんと落ちて横手に転がった。

しばしの沈黙の後、

「うおおっ」

という喚声が上がった。

「見事なり、後の先かな」

野中権之兵衛が白扇《はくせん》を広げ、祝した。

互いに礼をし合い、梶原正次郎が下がり、田村新兵衛が登場した。

磐音は正眼の構え、後の先のかたちを崩すことなく依田鐘四郎まで退《しりぞ》け続けた。

対戦が終わったとき、尚武館道場に、

「ふうーっ」

という吐息が期せずして流れた。

「佐々木玲圓どの、よき後継を得られたな。いや、勝ちを得たから申すのではないぞ。佐々木磐音、王者の剣たるがなにかを承知の武士《もののふ》である。それが佐々木玲圓どのの後継には大事なことでな」

と野中権之兵衛が講評し、その場の全員が得心した。

「待たれい！」

甲高い声が響いた。

高床の一角から長剣を手に立ち上がった者がいた。

高瀬少将輔だ。

「こらっ、場を弁《わきま》えよ！」

重富利次郎が叫んで立ち上がった。

「利次郎どの、よい。高瀬どのの言い条お聞きいたそうか」

と磐音が静かに制止した。

高瀬が派手な袖なしの陣羽織姿で飛び降り、つかつかと磐音の前に歩み寄った。

「茶番かな、猿芝居かな」

「高瀬どの、それは対戦した五人にも野中先生にも非礼となりましょう」

磐音の声はあくまで長閑《のどか》だ。

「勝負せよ」

高瀬が磬音に迫った。

「高瀬どの、それがし、そなたの力は承知しており申す」

「これまで高瀬少将輔、本気を見せたことはないわ」

「困りましたな」

「真剣勝負をせよ」

「分かりました」

と磬音が答えると、

「高瀬少将輔どのに申し上げる。こたびの勝負いたさばそなた、剣術を諦めることになるがよろしいか」

「ぬかせ」

高瀬がすらりと、刃渡り二尺八、九寸はありそうな長剣を引き抜いた。

磬音は竹刀のままだ。

「そのほう、真剣を持て」

「竹刀にて構いませぬ」

「その雑言覚えておれ」

高瀬が長剣を八双に構えた。六尺になんなんとする体軀だけに太刀《たち》造りの構えがよく似合った。

「ほう」

という感嘆の声が高床で流れた。

次の瞬間、太刀とともに高瀬が正眼の磐音に踏み込んでいった。

こたびも磐音は引き付けるだけ引き付けた。

刃を面上に感じたとき、竹刀が翻り、平地を弾いた。

次の瞬間、竹刀が躍って、立ち竦んだ高瀬の右肩を叩いた。鈍い音がして肩の骨が砕ける音が道場に響き渡った。さらに左に転じた竹刀が高瀬の手首を叩くと、
さっ
と下がった。

高瀬は叫ぶ暇もなくその場に転がった。

「利次郎どの、すまぬが介抱してもらえぬか。その身柄、大聖寺藩がお待ちでな」

「はっ、畏まって候」

若い門弟たちが高瀬少将輔の気絶した体をそっと持ち上げて道場の外に運び出

した。

何事もなかったように具足開きの催しが再開された。

その刻限、米沢町の今津屋の店先に、小僧の宮松に手を引かれた産婆が飛び込んでいき、台所の釜場では湯の仕度が始まった。

今津屋吉右衛門に同道して佐々木磐音が今津屋に戻ってきたのは、夕暮れの刻限だった。

帳場格子の中で立ったり座ったりそわそわしていた由蔵が吉右衛門の姿を見かけて、

「旦那様！」

と大声を上げた。

「どうなされた」

と問い返した吉右衛門が、

「生まれましたか」

「ええ、つい最前」

「母子ともに元気ですな」

「お内儀様も赤子も元気にございますぞ」

「男ですか女ですか」

と吉右衛門が問い返したとき、

「わあーん」

という元気な泣き声が奥から響いた。

「老分さん、男ですな」

「旦那様の跡継ぎにございますぞ」

「うーん」

と答えた吉右衛門が、なんと草履を脱ぎ捨てると、土間から店の板の間に義経の八艘《はっそう》飛びと見まごう跳躍をして奥へと駆け込んだ。

「おやまあ、なんということで。旦那様におめでとうを言う間もありませんでしたよ」

「老分どの、おめでとうござる」

「はいはい、承りました、坂崎様」

と由蔵が受けたところにおこんが姿を見せ、

「本日から佐々木磐音様ですよ、老分さん」

とおこんが訂正した。

「おお、そうでした。佐々木様、尚武館道場の跡目相続、おめでとうございます」

「肩の荷が重うござる」

「なんの、そなた様ならば何ほどのことがございましょうや」

と微笑《ほほえ》んだ由蔵が、

「いよいよ次は、おこんさんが佐々木磐音様の赤子を産む番ですよ」

「老分さん、店先にございます」

とおこんが顔を赤らめると、

「新玉の年にあちらこちらで後継ぎ誕生、目出度いことだあ、たれに遠慮がいるものか!」

と芝居もどきの台詞《せりふ》回しで言い立てた由蔵が、目玉をひん剥いて両手を派手に広げ、見得を切った。

「よう、今津屋由蔵、日本一!」

小僧の宮松が箒を逆さに振り上げて化粧声を張り上げた。

あとがき

最近しばしばこのような質問を受ける。

「時代小説を書く上で闘牛の取材経験は役に立っていますか」

その問いには漠然と、断片的、かついろいろな答えを返してきた。

この際だ、少し突き詰めて「闘牛と時代小説」との関わりを纏《まと》めてみようかと思い立った。

それというのは突然自由な日々が生じたからだ。

時代小説に転じて百冊目、それを目前にして体調にいささか異変が生じた。自分では意識していなかったが、

「書下ろし百冊」

の節目には魔物が潜んでいた。

そんなわけで七月に出版予定の『居眠り磐音　江戸双紙　万両ノ雪』もひと月

刊行が先送りになった。

読者諸氏、出版社、書店方にはご迷惑をおかけするが、百冊脱稿の後、しばしの休養を貰うことにした。

一九八六年の夏、私は闘牛士ホセ・オルテガ・カノの旅に従っていた。

ホセは数年後には九〇年代のスペイン闘牛界を代表する最高の闘牛士《グラン・マエストロ》の一人となった。私が彼の、

「危難な夏」

と呼ばれる闘牛の旅に加わったには理由があった。

話はさらに十数年前に遡《さかのぼ》る。

七〇年代初め、私はスペインに滞在して闘牛の取材を始めたばかりだった。

その当時、フランコ独裁政権末期で、かつ闘牛の黄金期だった。それも最後の……。むろん現在も国技で、観光資源の一つでもある闘牛は盛んに催されている。

だが、十九世紀に英国やフランスで生まれた動物愛護の思想と運動は一世紀を経て、ピレネー山脈の西側にまで浸透し、一年間三万頭に近い闘牛が死ぬ、あるい

は殺される運命の芸能《アルテ》に少なからぬ影響を与えていた。またBSE（牛海綿状脳症）の流行は闘牛の肉価格の不安定を招き、闘牛ビジネスに大きな影響を与えていた。もはや独裁政権下でその存続が優先的に守られるべき、「伝統芸能」ではありえないのだ。

私が七〇年代を「闘牛最後の黄金期」と呼んだ理由だ。

ともあれ私は四六時中闘牛に浸る何年かをイベリア半島で過ごす体験をした。

ホセとはその時代に縁があった闘牛士だ。改めて彼の闘牛歴を資料で調べると、

「正闘牛士、一九五三年十二月二十七日、カルタヘナ県生まれ。マドリードのビィスタアレグレ闘牛場にて一九七三年九月九日昇進……」

と記されている。

この昇級の儀式のあったビィスタアレグレ闘牛場はもはや消滅してない。私はその場に立ち会い、彼の正闘牛士への昇進の晴れ舞台を撮影した。

その勇姿は私の最初の本、平凡社から出版されたカラー新書『闘牛』の表紙を飾っている。

闘牛士を目指す若者にとって四歳牡牛を相手にできる正闘牛士への昇進はスタ

ーになる第一関門だ。

ホセは一九七三年の秋にこの日を迎えた。

当時、取材を始めたばかりの私は闘牛の知識が皆無であった。ただ若い闘牛士の昇進の儀式に立ち会ったというだけの感慨しかなかった。ホセの将来を考える余裕などなにもなかったし、スペイン闘牛界は群雄割拠、多士済々のスターで犇《ひしめ》き合っていた。

ヘミングウェイ世代のアントニオ・オルドニュス、ルイス・ミゲル・ドミンギン、アントニオ・ビエンビニダ、六〇年代を湧かせたエル・コルドベス、パコ・カミノ、クウロ・ロメロ、エル・ビッテイ、後に悲劇の死を遂げるフランシスコ・リベラ・パキリら、新旧世代の闘牛士がきら星のごとく競い合っていた。

牛も起伏のある広大な牧場で自然環境の中で育てられた、小型ながら機敏で狡猾な、一騎当千の危険な牛たちだった。これらの牛は、

「四年五草《クアトロ・アニヨ・シンコ・ジエルバ》」

と呼ばれる飼育法により、広大な自然環境の中で半野生のままに飼育されていた。

闘牛になるべく運命付けられた牛は誕生のときから四年、五回の若草を食べ、

戦いの場に送り込まれるのだ。そしてこの五回の新鮮な若草の間にはイベリア半島の厳しい夏と飢えの冬が挟まれ、その過酷な季節を乗り切らねばならない。だが、今では配合飼料で過剰に栄養が与えられ、五百キロをたっぷりと超えた、あるいは六百キロの巨牛さえも簡単に仕上がる仕組みだ。このような牛のかたちは一見よい。だが、新鮮な牧草を食べ、飢えの時期に怒りを溜めた本来の、「勇敢な闘牛《トロ・ブラボー》」

とは別種のものだ。

そんな七〇年代に新人闘牛士ホセ・オルテガ・カノが誕生したが、泥臭い芸風で、素人の私から見ても魅力の資質があるとは思えなかった。事実、昇進後のホセは年間出場回数が十数回という、

「鳴かず飛ばず」

の三流の闘牛士の一人だった。

その時からほぼ十四年の歳月を経て、私たちはマドリードの北部山岳地帯シェラ・グレイドス山脈の田舎闘牛場の囲い場でばったり会ったというわけだ。

「ホセ、元気か」

「久しぶりだな、中国人《チニート》」

七〇年代始め、スペインではアジア系の顔は押し並べて、

「チニート」

と呼ばれていた。

私はホセの変貌に驚きを禁じえなかった。十四年前、ただの田舎の兄ちゃんが、思索者のような、いや、自信に満ちた、

「闘牛士の貌《かお》」

に変貌していた。

牛の角の前で技を磨き、度胸を試してきた時の集積がホセの貌をプロの闘牛士に変えていたのだ。

私はホセの旅に同道することを願い、許された。

旅に加わり、ホセの記録を調べた。昇進後十年ほどは期待されない闘牛士だったが、八五年から急に闘牛出場回数が増えていた。

ちなみに闘牛士の格付けは、スペイン各地の闘牛の祭りから招聘《しょうへい》される数、つまり出場回数で測られる。それも三級闘牛場より二級闘牛場の出場が価値は高く、さらに特上は一級闘牛場のマドリードやセビリアの祭りの闘牛に呼ばれることだ。

ホセは年間五十回以上、それも一級闘牛場の出場が多かった。一流の闘牛士の

一人に出世していた。

ホセ・オルテガ・カノは遅咲きの闘牛士だったか？

八六年の旅はバスク地方の主都ビルバオから始まった。

ビルバオもまた闘牛が盛んな地方、一級闘牛場だ。

連続闘牛の幕開け、バスク地方を猛烈な風雨が襲い、ビィスタアレグレ闘牛場も最悪なコンデションだった。

泥濘《ぬかるみ》の砂場でずぶ濡れになったホセは靴を脱ぎ、裸足になって奮戦したが、

「牡牛は死ねり、闘牛士は生きおり《トロス・アン・ムエルト　トレーロ・ヴィベ》」

というだけの結果に終わった。

闘牛が終わったのが午後八時過ぎだ。ホテルに戻り、シャワーを浴びて着替え、祭りでごった返すロビーで贔屓客《ひいき》に挨拶を返すのも早々に、次なる興行地クエンカに向かうことになった。

ホセはベンツのスポーツカーで先行した。闘牛が未消化のままに終わったからだろう。私は助手闘牛士らと一緒のワゴンに同乗させてもらうことになった。

雨の中、五百六十二キロの夜間の移動だ。助手頭のラファエル・コルベジェは二年前に壮絶な負傷を受けて亡くなったパキリの助手頭を務めていた頃からの知

り合いだ。それにしても運転手を含めて九人が一台のワゴンで東京と大阪ほどの距離を移動するのだ。だが、格別なスケジュールというわけではない。売れっ子になればなるほど七、八月の祭りシーズンは連日闘牛を行い、移動をする。それが日常、ハードな暮らしに耐えてようやく一人前の闘牛士と呼ばれるのだ。いや、これは取材する私も一緒だった。

七〇年代、闘牛士には昔気質というか美学があった。闘牛場入りするとき、古いワゴン・タイプの車で乗り付けた。

一人ひとりの闘牛士が個性的な馬車と見まごうクラシカルな車を愛用した。だから、車を見ればすぐに闘牛士がだれか分かったものだ。そんな車で高速道路もないイベリア半島を一夜何百キロも走り切って闘牛を続けていた。

そんな時代だった。

その後、スペイン社会が豊かになると同時にチャンスを求めて祭りから祭りを餓狼のように旅して歩く闘牛士志願の若者の姿は消えていた。闘牛士の大半は日本の芸能プロダクションがタレントを売り出すようなシステムか、闘牛学校出身の闘牛士の卵か、あるいは名闘牛士の二世三世へと取って代わられた。

八〇年代、闘牛士のライフスタイルは一変した。いや、スペイン社会そのものが民主化され近代化され高速化されていた。車は頑丈でスピードの出る最新鋭のベンツが主流になった。

ズウッ、ズウッ、ズー

深夜、鋸《のこぎり》の目立ての音に目を覚ました。

ラ・マンチャ地方の街道筋のホテルでのことだ。音は規則正しく隣の部屋から響いてきた。その音が耳について眠れない。

くそっ！

ベッドから起き上がりズボンを穿《は》いた。

ホセ一行に加わって何日目か、深夜の物音に起こされたのだ。

「砂嚢《モジエハ》、何時だと思ってんだよ」

と私は隣室のドアを開けた。すると助手闘牛士の一人アントニオ・ベルナールがブリーフ一枚の格好で洗面台にバスタオルを敷き、その上に闘牛の剣を載せ、切っ先を鑢《やすり》で研ぎにかけていた。

「なんだ、チニート」

「煩《うるさ》いよ」

「これがおれの仕事だ」

モジェハは銛突闘牛士《バンデリジェロ》であり、砂地に倒れ断末魔の牛の脳髄に止めを刺すプンテイジェロを兼ねており、同時にホセの使う剣の研ぎも担当していた。見回せば狭い洗面室に真剣が何本かと止めの短剣が立ててあった。

そう言い返されればもはや抗弁のしようもない。

モジェハが研磨する闘牛の剣は長さ七十数センチ、闘牛士の身長によって多少の長短があった。直剣ではない。切っ先から十数センチのところからカーブしている。牛の背を切っ先で捉えるための曲がりである。この曲がりを、

「死《ムエルテ》」

と呼ぶ。

モジェハが必死で研磨するのはこの「死」の部分だ。

人気闘牛士になれば年間百回を超える興行をこなす。セビリアからコルドバへの移動ならば百四十キロだが、フランスの地中海側アルルに出場した闘牛士一行が翌日スペインのアンダルシアで興行を打つには、千何百キロをも一夜のうちに移動しなければならない。おそらくこの年、ホセ一行はイベリア半島からプロバンスにかけて地球を軽く一周するほどの距離を、それも夜間に走ったはずだ。モ

ジェハが剣の手入れをしたくとも昼間のんびりと研ぎが出来ないのが実情だ。

私はしばらくモジェハに付き合うことにした。

闘牛士は心身ともタフで、ハードでなければ務まらない職業だ。七月八月の闘牛の祝祭のハイシーズンともなると、闘牛、移動、仮眠、闘牛、移動の日々が続く。だから、闘牛士は、

「路上で暮らす人」

とも言えた。まるで中世の武芸者の暮らしではないか。

現代闘牛がマラガ県のロンダで始まったのは十八世紀の初頭のことだ。

それまでは馬上の騎士が槍で牛と対決していたスタイルであった。このような騎士階級の馬上闘牛は地方王族の戴冠式、結婚式の祝い事や自らの楽しみのために行われていた。近代の娯楽の欠かせぬ要素、大衆を楽しませるという意識はまるでない。馬を所有する特権階級の気晴らしに過ぎなかった。

それが突然、騎士の従者だった下層階級が主役の座を奪い、アンダルシア街道を往来しながら牛と徒歩で対決するように変わったのだ。これによってスリリン

グでスピーディで、かつスペクタクルな興行が誕生したのだ。

つまり現代闘牛は馬丁階級が始めた、

「牡牛殺し《マタトロス》」

が発祥だ。

剣や槍や牛の角から身を守る防御の布切れ、カポテやムレタを馬車に積み、祭りから祭りを追っていた連中がマタトロスだ。

こんな風に変身した現代闘牛を伊達男のマホ、婀娜《あだ》っぽいマハが熱狂的に支持した。マホ、マハ、十八世紀というスペイン社会が生み出した徒花《あだばな》、庶民階級だ。すでに闘牛は騎士階級の占有物ではなく、大衆が主役の時代へと移行しようとしていた。

私が闘牛に関わった六〇年代後半から七〇年代初めまでの闘牛士の気風と好みはそんな時代の名残を保っていたように思う。

旅する闘牛士の必需品は枕だ。移動中の車で仮眠しなければ、イベリア半島の猛暑には抗しきれない。車に乗れば、枕を抱いて寝る。これが闘牛士たちの習慣で、かつ唯一つの体力温存法なのだ。

取材者の私も中古ワーゲンにキャンプ道具一式、女房赤子を引き連れて闘牛士ご一行様を追いかけて回った。だが、誕生間もない赤子には深夜の旅はきつい。闘牛士ご一行とはぐれ、どこを走っているのか分からなくなって村外れの野原と思えたところに車のヘッドライトの明かりを頼りにテントを張り、仮眠したこともあった。朝の光に目覚めるとテントの外が騒がしい。外に顔を突き出すとそこは村の広場のど真ん中で、朝市をやっていたなんてことも珍しくはなかった。

牛の角で刺され、いつなんどき開腹手術を受けなければならなくなるかわからないのが闘牛士という職業だ。となると食事の摂り方は命に関わる。

夜明け、興行地のホテルに到着した闘牛士一行は初めてベッドで横になる。数時間の安息の後、初めて朝食兼昼食を兼ねた軽食を摂る。カフェ・コン・レチェ、牛乳をたっぷり入れたコーヒーだ。ジャガイモの入った厚焼き卵のトルテイジャとヨーグルトかチーズ、そんなものが闘牛士の戦いの前の食事だ。

角傷の手術に際して胃に固形物を残しているのは禁物だ。

とにかく胃の腑を軽くして牛との戦いに備える。およそ二時間、二頭の牛との戦いが終わって、次の日に興行がなければ豪華な夕餉《ゆうげ》を食べられよう。だが、人気闘牛士はそうはいかない。その夜の内に何百キロ先の興行地に移動しておかなければならない。そこで夕食は移動の途中ということになる。いくらスペインの夕食が遅いからといって、街道ぞいのレストランで選べるメニューは限られている。この世界には、

「闘牛士の料理は仔羊炙り焼き《コルデイロ・アサード》」

という言葉がある。

スペインのレストランでも深夜十一時を過ぎるとメニューが限られる。そこで何度も焼き直した炙り焼きがテーブルに登場する、この焼き直し炙り焼きならどこのバルにも食堂にもある。これが一回の闘牛に何十万何百万と稼ぐ闘牛士の常食だ。

夏場の深夜、街道と街道の交差点のレストランで南に向かう闘牛士一行と西に向かう闘牛士一行が鉢合わせするなんてことも珍しくはない。取材する私もよく夜中のバルで出会った。

「チニート、どこへ行く」

「マラガに下るよ。闘牛士《トレーロ》はどこで仕事だ」

「おれはソリアだ」

「神の御加護を祈っているよ」

「おめえもな、事故を起こすな」

　こんな会話の後、南と西に分かれていく。

　闘牛シーズン最盛期、六、七十組の闘牛士一座がイベリア半島から南仏プロバンス地方を駆け回る。血に染まった殺しの道具を車に積んで移動する職業は、そうざらにあるものではなかろう。

　売れっ子時代のエル・コルドベスは自分の農場に滑走路を持ち、双発の飛行機を所有していた。だが、闘牛は大都市で行われるばかりではない。祭礼から祭礼を追う旅の大半が地方だ。そんなところに夜間離発着できる飛行場なんてない。どんな億万長者の闘牛士も私のような取材者もがたがた道を走るしかなかった。

　時代小説に転向した私は、江戸の武士や渡世人がよく歩いていたことを知って驚いた。加賀百万石の前田公の大名行列ですら一日平均十里を進んだ。一日道中が延びればそれだけ路用がかさむからだ。ともかく江戸期、徒歩で旅をする時代だった。

　たとえ車だとしても、旅から旅へ、祭りから祭りへ夜間何百キロも移動する闘牛士の暮らしは江戸の人々の道中を彷彿させた。

「そりゃ、こじつけだ」

と反論なさる方もあろう。だが、強烈な光の闘牛場の砂場と同時に、夜の街道を走り回る闘牛士《マタドール》や闘牛士志願の若者の喜怒哀楽が錯綜して、今も私の脳裏に蘇ってくるのだ。

スペインの現代闘牛は十八世紀の始め、革命を見て現代的な娯楽の要素を携えた。マラガ県の山中の町ロンダというところでフランシスコ・ロメロによって偶然にも創意工夫されたのだ。

繰り返すが、ローマ統治時代以前からの古典的な闘牛は、騎士階級が主役であり槍で突くというスタイルであった。牛の圧倒的な攻撃を避けるために馬の鞍にどっしりと腰を下ろした騎士が小脇に保持した槍で突き、出血をさせて弱らせる。これが一般的なスタイルだった。なんと鈍重な楽しみ、見世物であったろうか。そんな戦いの最中、牛と騎馬が膠着《こうちやく》状態になったとき、従者が牛の目の前にソンブレロなどを差し出していったん両者を引き離す。

あるとき、従者のロメロの主が落馬して、牛の角先に転落した。ロメロは咄嗟《とつさ》に主を危機から救おうと、その辺にあった布切れを広げて牛の視界を覆い、主を危険から救い出した。

ロメロは、布の動かし方次第で牛を誘導できることを悟った。これが馬を必要としない徒歩闘牛の門戸を開いた。ムレタと称するフランネル地の円形の赤布を二つ折にして、棒と剣を組み合わせたもので広げ、これを使い、牛の視界から自らの実体を隠しつつ操ることで、牛と一体化した「芸」が可能になった。同様にカポテと呼ばれる雨合羽を併用することによって勢い盛んな牛の力を減じ、スピードをセーブすることが可能になった。

カポテとムレタ、この二つの道具を使う多彩な芸は、

「パセ」

あるいは、

「ランセ」

と呼ばれ、不動の演技者の体ぎりぎりに牛を通過させ、スリリングな感興を創造する闘牛技の連続を可能にした。

闘牛のパセあるいはランセは武士の斬り合いにも似た駆け引きだ。

スペインの闘牛愛好家はこのパセの妙味に闘牛最高の真髄を見出すのだ。

パセにはムレタを右手に持つ技と左手に持つ技があり、利き手でない左で行う

パセ・ナチュラルがより高く評価される。さらにはムレタを左右に振って牛の注意をひきつつ、ひょいっと左か右へ送り込む技、演技者の方から仕掛けるパセと多彩を極める。このような演技はすべて牛の角先、時には片手で角を触りながら続けられる。見せ場は危険と隣り合わせにある、それが闘牛技だ。だが、危険と隣り合わせだからといってドタバタ劇の連続では観客からブーイングが起こるだろう。

グラナダの詩人ロルカは『ドゥエンデのからくりと理論』の中で、

「牛はおのれの軌道を持ち、闘牛士も自分のものを持っています。この軌道と軌道が交差するところにもあの恐ろしいゲームの頂点をなす危険の一点があるのです」

とパセの妙味と危険を書いた。

闘牛士はあくまで従容《しょうよう》と「死の軌道」を見詰める職業なのだ。この冷静にして沈着な自信は角との、

「間合い」

の読み方だ。

一歩、いや、数センチ読み違えれば牛の角先があっさりと闘牛士の体に突き刺

さり、骨を砕き、肉を引き千切っていくだろう。五百キロになんなんとする牛の両角はおよそ八十センチの幅を持つ。牛によっては右角が下降し、左角が上向きの武器もある。この両角を駆使して、下から上に突き上げ、左右に捻りながら振る。

そんな角の動きを凝視しつつ不動の姿勢を保ち、芸を繰り出すのが闘牛士なのだ。つまり闘牛において、パセの見せ場は牛が攻撃する時間であり、闘牛士が耐える時間なのだ。闘牛用の牛として特別に飼育された牛の能力をすべて解放してやる、それが闘牛士に与えられた使命なのだ。この場での闘牛士の攻め、反撃はない。

私の時代小説の剣戟シーンに常に登場する、一方的に攻撃させ、耐える情景は、そんな経験が元になっているかもしれない。

例えば第一巻の『陽炎ノ辻』の冒頭、坂崎磐音と小林琴平が戦うシーンが象徴的だ。

琴平は親友の河出慎之輔を斬り殺している、また、城から差し向けられた討ち手にも抵抗して何人も死なせている。もはや琴平の想念には、

「死」

の一文字しかない。

磐音は自ら望んで琴平の討ち手になり狂気の友の前に立つ。

「琴平」

紬《つむぎ》の胸は血に染まり、髪は逆立って、手には抜き身を下げていた。

「もはやどうにもならん」

二人の友は空しく視線を交錯させた。

「磐音、望みがある。おぬしとの尋常の勝負じゃ」

坂崎磐音は、ただ頷いた。

長い戦いが始まった。
私の作品には珍しくも長い剣戟の描写だ。
その間、一方的に攻め続けたのは琴平だ。
結末を書く必要はあるまい。
私が描く剣戟シーンはそう丁々発止の攻防を長々と繰り広げない。それは偏《ひとえ》に
私が剣術の無知であるゆえだが、どこかで闘牛技を念頭において描写しているか

らであろう。

だが、この『陽炎ノ辻』の冒頭だけは違った。

パセと殺し《スエルテ・デ・マタール》の場を融合させた結果、こうなった。

琴平のすべての力と技を出し尽くさせる、そして、命を賭して防御する。磐音が無意識に望んだことだ。琴平には死しか残されてないゆえ、この表現と描写しか筆者には考えられなかった。


多彩なパセの展開の後、闘牛士と牛は最後の対決に入る。

牛は荒い息を吐き続け、全身の筋肉が波打っている。本能で最後の瞬間を悟った牛は闘牛士を睨み据え、後肢を交互に蹴り上げて威嚇する。この際、闘牛士がやるべきことは牛の前肢二本をきちんと揃えさせることだ。これによって牛の背骨が伸び、胸骨もきちんと間隔が整うことになる。

刺突への次のステップは牛の頭を下げさせることだ。頭を昂然と上げ、角を振り立てている牛を刺し殺せる、いかなる闘牛士もいない。頭を下げさせることで首筋の骨が開く。闘牛士が狙う背の隆起部《クルス》の一点、首を下げさせることによって生じるのだ。せいぜい直径七、八センチの穴が闘牛士の狙うべき場所であり、牛に致命傷を与えるのだ。

闘牛技の刺突はおよそ次の三つに分類される。
一、仕掛け技（ボラール・ア・ピエ）
二、受け技（スエルテ・デ・レシビール）
三、クロス・カウンター（ア・ウン・ティエンポ）
一の仕掛け技は、飛び技とも解される。

不動の牛に闘牛士の方から踏み込み、刺す技だ。

この技はセビリアの牛解体人たちが創始したといわれる。

ついでに、現代闘牛においてセビリアは闘牛王国、ロンダはその生誕の地として現代闘牛の歴史の最初のページを分かち合う。それゆえ、

「優美で技のセビリア」

「豪快で気迫のロンダ」

と称され、闘牛技も対照的で、セビリア派闘牛技とロンダ系闘牛技とに分かれる。

さて、角と頭を下げた牛へ一瞬早く闘牛士が飛び込んでいき、刺す。後に説明するが、牛に飛び込んでこさせるよりも安全でかつ確実な技なのだ。

強いて剣術に譬《たと》えるならば「先々の先」か。

『直心影流極意伝開』（石垣安造著）によれば、

「勝負の第一要素は〝先々の先〟にある。攻撃なくして最終目的の勝を求め得ることは出来ない。充実した気力と覇気を以《もっ》て敵に攻め勝つことである。敵の気力未だ満たざる時、または敵が施さざる未発のうちに、我が精気を以て敵を圧し、その動作を押さえると同時に、撃って撃って撃ち崩す」

とある。

未だ攻撃の気を得ない牛に対して一瞬早く闘牛士の側から仕掛ける。これが仕掛け技、あるいは飛び技だ。現在の闘牛界の仕留め技の八、九十パーセントがこれに尽きる。

セビリア派が生んだ仕掛け技は闘牛士にとって安全かつ確実な仕留め技なのだ。

二の受け技は剣術の後の先と酷似している。

『直心影流極意伝開』に後の先、仕懸の先という解説がある。

「我も出でて利ならず、彼も出でて利ならざるを支と曰う。支形は敵、我を利すると雖《いえど》も我出ずる無かれ。引いて之を去り、敵をして半ば出でしめて之を撃つが利ならん」

「（敵が動かないとき）敵に仕懸け、敵の虚《すき》（精神）をつく懸声で相手を我が手許に誘い込む」

ともある。

闘牛では対決した敵（牛）が動かず闘牛士を呼び込もうとした構えを見せたとき、こちらから仕掛ける体《てい》で裂帛《れっぱく》の気合いを発し、相手を動かし手元に呼び込む。飛び込んできた牛を不動の闘牛士が刺す技だ。

この豪胆な技が鮮やかに決まると観客は最高のカタルシスを感得できる。だが、一瞬でもタイミングが外れると牛の角先に闘牛士の体は串刺しにされ、虚空へと放り投げられる。

この技は現代闘牛の発祥の地と目されるロンダで生まれ、フランシスコ・ロメロの孫、ペドロ・ロメロはこの技で生涯五千数百頭の猛牛を仕留めたとされる。つまりロンダの豪快で危険な剣風を代表する技なのだ。

ロンダの風土のように男性的で豪儀な仕留め技だが、牛を呼び込ませるだけに、闘牛士の気迫と胆力が試される受け技だ。

私が熱心に闘牛を取材していた時代、この技の第一人者はフランシスコ・リベラ・パキリだった。

パキリがこれはと選んだ牛相手に興に乗ったパセが展開されたとする。すると観客たちが立ち上がり、

「受け《レシビール》、受け《レシビール》」

を連呼して古き豪胆な仕留め技を求めたものだ。

パキリは頷くと屈み込むようにして構えを低くし、間合いを計る。

左手の赤いムレタを地表に垂れさせて、ちょんちょんと動かす。牛の注意をまずそちらに引き付けるためだ。落としていた腰を上げ、半身で姿勢をとり、剣を右手に構える。

牛は動かない。

「トーロ（牛）！」

と静かに呼びかけ、ムレタを大きく揺する。

だが、牛は動じない。

死のときを悟り、闘牛士と相打ちを考え、呼び込もうと考えているように角先で砂を跳ね飛ばし、後ろ足で蹴って威嚇する。

パキリの顔が見る見る紅潮する。

気迫をため、力を一点に、剣先に込める。

「トーロ、ハッ！」

パキリの左足が大地をバーンと叩き、裂帛の大音声が口から洩れた。

その瞬間、牛は角を地面に擦《こす》り付けるように突進してくる。

両者の間合いが切れた。

パキリの尻が後ろに引かれ、剣も引き付けられた。

牛の角が闘牛士の右太股に向かって跳ね上げられる。

闘牛士の角傷の大半が右股に集中する。牛は本能的に角を右下から左上へとしゃくりあげるように振るう。その角先が闘牛士の右太股に刺さり込むのだ。ゆえに闘牛士の右股は、

「急所」

とも、

「死の三角地帯」

とも呼ばれる。

牛の角が闘牛士の内股に達しようとした瞬間、パキリの体が牛の角に伸し掛かるように傾き、剣の切っ先が一点、隆起部に向かって刺し込まれる。

パキリは自らの拳が牛の背に触れたと感じた瞬間、

うおおっ！
と雄叫びを上げる。すると呼応するように観客全員が、
わああっ！
というどよめきを上げ、大歓声は闘牛場の祭りの会場にまで伝わっていく。
牛の体がゆらゆらと左右に揺れ、肢が縺《もつ》れて、二、三歩進んだかと思うと、
どどっ
と横倒しになる。
ロンダが生んだ仕留め技レシビールの醍醐味は、爽快感に尽きる。だが、タイミングを外された闘牛士がどれほど牛の角の餌食になったことか。
最後のア・ウン・ティエンポは闘牛士と牛が同時に仕掛け、対峙線の真ん中で激突する技だ。踏み込んできた力が自らの攻撃力に加わり、打撃も大きい。が、一瞬の間合いを読み切らないと闘牛士も大怪我をすることになる。
六〇年代から七〇年代のスペインには未だ市民戦争後の影響が強く残っていた。市民戦争が終わったのが三九年だから、戦後二、三十数年を経ていた。だが、フ

ランコ独裁政権下、国際的な孤立にあって、「貧しいスペイン」は色濃く残っていた。

闘牛界も当然そんな社会を反映して、闘牛士志願の青年は飢えからの脱却を目指して貧困層からハングリー精神で伸し上がるタイプが大半だった。典型的な例が、市民戦争終了の年にコルドバ県の極貧の家庭に生まれたエル・コルドベスだろう。

当時はまだ恒久的な闘牛学校はなかったし、大半の闘牛士志願の青少年が町の通りや村の広場で開かれる私塾のようなところで技を習い覚え、経験を積んだものだ。昔闘牛士をやっていたが、成功しなかった不運の闘牛士が先生ということが多かった。

それは闘牛がなんたるかを体に叩き込ませる、

「かたち稽古」

だ。

ぼろぼろのカポテやムレタを手に仮想の牛の動きに合わせて旋回させるのだ。動きは早くても遅くてもいけない。頭を下げた牛の鼻先数センチのところを優美に飛翔させなければならない。カポテ技の基本中の基本のベロニカの動きを何百回何千回となぞり、パセ・ナチュラルを繰り返しては自分のスタイルを創り出す。一人稽古で動きが固まれば、仲間が両手を広げて牛と角の動きを合わせてくれる。

曲線で突っ込んでくる牛に道具をかませて風に乗せる。誘い込んだところでカポテを自分の体の背後に回し込むように送り込み、牛を誘導する。足を踏み替え、体を入れ替えて今度は反対方向へと牛の動きを繋げる。

仲間が両手を広げた動きから、さらに一輪車の上に牛の半身を象《かたど》った模型を使って動きをより精密に合わせる。

直線から円運動へ、演技者の体を基点に連続して技をかける、これが闘牛技の醍醐味だ。

また牛頭一輪車は仕留め技の練習ができた。

首筋に直径八センチの穴が開けられ、穴の上にはゴムチューブが幾重にも重ねられたり、大サボテンの茎節が詰め込まれたりしていた。ゴムを重ねたよりもサボテンの茎節の感触がほんものの肉を裁つ感じに近いという。

いくら仲間と息が合おうと、牛頭一輪車を巧みに操り、サボテンの穴を刺そうと、本物の生きた猛牛相手ではない。

エル・コルドベスはパルマ・デル・リオ村の路上で独習した技を試さんと、深夜仲間と二人闘牛牧場に忍び込み、月光を頼りに飼育中の牛に誘いをかけて大怪我を負った。

この時代の闘牛士志願者は、路上の私塾と深夜の闘牛牧場忍び込みを一度や二度は経験しているだろう。

だが、闘牛牧場にとってはこれ以上迷惑な話もない。闘牛用の牛として特別に飼育される牛は一度の戦いで、

「闘牛がなんたるか」

を理解してしまう。こんな危険な牛は買い手がつかず売れ残るからだ。

ストリート・ファイトで才能を見せた少年にはマネジャーが付き、田舎の村祭りの闘牛へお呼びがかかる。

だが、その前に闘牛士志願の若者には遍歴の武者修行が待っている。

闘牛は各都市町村の例大祭に合わせて開催される。だからこそ闘牛士一行も私も街道を旅して歩くわけだ。だが、祭りを追って歩くのはなにも闘牛士や取材者、あるいは熱狂的なファンだけではない。闘牛士志願の若者もまた機会を求めてイ

ベリア半島を流浪していた。彼らは一様に貧しく、交通費どころか食事代だって懐にない連中だった。彼らの持ち物は古びたムレタかカポテ、さらには練習用の木剣を風呂敷に包み、肩に掛けている。この格好で街道の入口に立ち、祭りが開かれようという町へ向かう車を止めて、ヒッチハイクする。

私が取材を続けていた七〇年代前半まで闘牛士志願の若者、

「マレティジャ」

をしばしば見かけたものだ。

彼らは闘牛が開かれる町の闘牛場の前に陣取り、得意の芸を披露してプロモーターや観客にアピールして名を売る。闘牛場に入るためのチケットを買うお金などむろん持ち合わせがない。そこで祭りに出場する闘牛士のホテルに行き、チケットを乞う。運がよければ闘牛士かマネジャーから招待券を手に入れることができるだろう。今や売れっ子闘牛士でもその昔はマレティジャの一人だったのだから、

「お返し」

のチケットを恵んでくれたものだ。だが、そんな幸運なマレティジャばかりではない。彼らは警官や警備員の目を盗んで闘牛場の壁を這い登り、場内へと侵入

する。闘牛の見物のためではない。興行師に隠された才能と力を知ってもらうためだ。トイレなどに身を潜め、そのときが来るのをひたすら待つ。

ファンファーレが鳴ってチャンス到来。

トイレから這い出たマレティジャは持参のムレタと木剣を手に観客席を駆け下り、牛と闘牛士の聖域、闘技場に飛び込む。闘牛士の牛を奪い、一場の見せ場を演じるためだ。

この飛び込み《エスポンタネオ》は非合法の行為、捕まると当然拘留罰金刑が待ち受けている。マレティジャにとって闘牛の祭りが大きければ大きいほど、テレビ中継があればあるほどビッグ・チャンスなのだ。だが、対戦する牛は、マレティジャなどがまともに対戦したことのないほど大きく鍛え上げられた黒牛だ。恐怖に身が竦む。だが、見せ場を作らねば一瞬のチャンスは消えてしまう。闘牛士の助手たちがマレティジャを捕らえ、警官に引き渡すだろう。その前に牛の角に跳ね上げられ、大怪我をして砂場に倒れる者もいる。

あの当時、マネジャーを持たない闘牛士志願のマレティジャが名を売るにはこの方法しかなかった。留置場か手術室か、はたまた観客の賞賛か。

人気闘牛士にとってもマレティジャは自分が通ってきた道だ。それなりの理解はだれも持っていた。だが、自分の牛の番のときだけは飛び込みをやってほしくないと願っていた。半素人に弄《いじ》られた牛は興奮し、狡猾さを増し、ただ危険な存在に変わる。

飛び込みをやる機会のなかったマレティジャは闘牛が終わった門前でボール紙に、

「興行師様、チャンスを」

と書いてアピールしつつ、カポテやムレタに包《くる》まり、一夜の夢を祭りの町で結ぶ。

闘牛興行には、

一、二歳牛相手の草闘牛（カペア）
二、三歳牛相手の闘牛（ノビジャダ・シン・ピカドール）
三、三歳牛相手の闘牛（ノビジャダ・コン・ピカドール）
四、四歳牛相手の闘牛（コリダ・デ・トロス）

と四つのカテゴリーがある。いくら敏腕なマネジャーが付こうと最初の三段階まではギャラなしだ。ただ、

「チャンスが報酬」
の世界である。
このクラスで実戦経験を積み、牛がどう動き、どう反応するかを習得する。
才能を認められ、実戦でも技と度胸を示した闘牛士志願者の大半は三の段階を
十代か、二十代前半で通過するだろう。これは闘牛の牛がなんたるかを熟知した
スペインの闘牛愛好者であるからこそ可能なことだ。
私は闘牛士を夢見た日本人青年Sの挑戦と挫折を近くから見た。
時代は九〇年代に入っていた。
最初、Sに闘牛士になりたいがどうすればよいと相談を受けたとき、二十三歳
という年齢を理由に、
「命を落とすよ」
と諦めることを説得した。だが、
「有名人になる早道はまだ日本人が挑戦したことのない世界に挑むことしかな
い」
とSは頑強に主張して私の意見を受け入れなかった。
「君が運よくデビューした暁にはスペインまで見物に行くよ」

私はSにこう約束して別れるしか道はなく、彼は単身スペインに渡っていった。

スペイン各地にすでに闘牛学校が開設されていた。

彼はセビリア郊外のアルカラ・デ・グァダイラの闘牛学校に入り、そこでアメリカ人闘牛士第一号のジョン・フルトンと出会う。外国人として苦労してプロ闘牛士になったジョンはSのマネジャーを買って出る。こうして外国人コンビの挑戦が始まった。

アバウトなスペイン人マネジャーと異なり、フィラデルフィア生まれのジョンはSの正闘牛士への道の緻密なマニュアルを書き、育てることにした。その概略の一部では次の三段階からなっていた。

第一段階　（A）闘牛理論と実践の習得。

（B）観客を前にして幼牛相手に実戦を積むこと。

第二段階　闘牛規則に基づき、二年間に最低二十五回の二歳牛闘牛を経験させること。

第三段階　闘牛規則に基づき、二年間に三歳牛相手の闘牛を経験させ、正闘牛士の昇進資格を得ること。

正闘牛士に昇進するまでギャラを貰えない。

だが、正確にはそれどころか闘牛士側が殺す牛を買い取る仕組みだ。Sの場合、マネジャーを買って出たジョンが牛の代金を興行師に払った。

Sは第一段階（B）を無事通過して、第二段階に進むことになった。そのデビュー戦を、私は約束どおりに見物に行くことにした。

一九九五年七月八日、Sは「日出る国の少年（ニーニオ・デル・ソル・ナシエンテ）」というリング名で、地中海側のトレモレノス闘牛場でデビューを果たした。まずまず無難な滑り出しだった。

私は、すでに二十五歳に達していた日本人青年が夢の一歩を踏み出した信念と勇気と熱情に正直驚嘆していた。夢が実現することを祈り合って、私は日本に帰国した。

だが、Sの夢はわずかひと月で潰えた。

わずか四十日後の八月十六日、アビラ県ペドロ・ベメナルドの村祭りの闘牛に出場したSは、二頭目の二歳牛に右顎下を刺される角傷を受けた。

応急治療を現地で受けたSらはその足で何百キロか車で走り、セビリアに戻ったという。ジョンとSの拠点だからだ。だが、マドリードの闘牛士病院に向かわなかったのには理由があった。二人にはその経済的な余裕がなかったからだ。

深夜の移動が過酷だったか、Sは意識を失い、セビリアの病院の集中治療室に運び込まれた。

闘牛王国セビリアのマスコミは、日本人闘牛士の怪我を大々的に報道した。Sは何日か集中治療室で生死の境をさまよい、一時は死の噂まで流れたが、半身不随を代償になんとか命を取り留めた。

Sの夢はここで果てた。

闘牛技が未熟であった、イベリア半島の夏の暑さと闘牛の旅を過小に考えていた……角傷を受けた遠因を探ることはできないことではなかろう。

私はS青年の挑戦が無謀であったとは思わない。

闘牛とは常にこのような危険と隣り合わせの職業だからだ。そして、若者が夢を、野心を持つのはいつの時代もどこの国でも特権であり、自然なことだったからだ。

一九七四年の冬から早春にかけて、「死の牛」として闘牛士に恐れられるミウラ牛を飼育するミウラ牧場で、幾晩も私は徹夜した。

ミウラ牛は四〇年代、名闘牛士マノレテをリナレス闘牛場で斃したためにその名は神格化された。

私はミウラ牛の仔の誕生の瞬間を撮影しようという無謀な計画を考え、牧童頭に許しを得た。現在考えても無茶な企てであり、無名の外国人写真家によくも鷹揚に許しを与えてくれたものだと思う。

ミウラ牧場は、アンダルシアを東西に流れ、大西洋に注ぎ込む大河グァダルキビルの肥沃な左岸、ローラ・デル・リオ村のサハリチ平原に立地していた。

種付けされた牝群数百頭は広大な牧場で放し飼いにされている。そんな牧場にワーゲンを乗り入れ、徹夜して夜明けを待つ。

川霧が流れ、朝靄が漂う。

光が戻ってきた。

なだらかな起伏の緑の牧場のあちらこちらにどんぐりの木々が生えている。そんな下で密やかに動くのは、自生のアスパラガスを採る村人だ。むろん無断のアスパラガス採りだ。

ふいに叢《くさむら》が揺れて、まだ臍の緒を付けた赤ちゃんミウラが姿を見せる。足はまだおぼつかなく、体は羊水でぬれぬれと光っている。

なんとも神秘的な光景で詩想《ミューズ》を感じさせる瞬間だ。

この仔牛が四年後、死の牛ミウラに育ち闘牛場で戦う運命にあると思うと厳粛な気分にさえなった。

私は牧場の四季が大好きでミウラ牧場にしばしば通ったものだ。

誕生の瞬間があれば死の光景もある。

まさか闘牛士パキリの弔いに参列することになろうなんて夢想だにしていなかった。

一九八四年九月二十八日、世界で最も美しい闘牛場、セビリアのマエストランサ闘牛場で、パキリの亡骸《なきがら》が入った棺を見続けていた。

セビリアの町じゅうが、何十万という黒衣の人々がパキリの死を悼んで泣いていた。棺に向かって花を投げていた。

私とパキリが最初に出会ったのはバルセロナの旧市街の酒場で、そこにホセリート・イ・ガジィトという名の闘牛愛好倶楽部があり、パキリは年間最優秀闘牛士として、倶楽部から表彰されるために出席していた。

南部アンダルシアのバルバテ出身の貧しい闘牛士志願の青年は持ち前の度胸と

豪胆な技で人気スターの仲間入りをして、ロンダの名門闘牛士一族の娘と結婚、怖いもの知らずの時代を迎えていた。それだけに鼻っ柱も強く、嫌味な青年でもあった。だが、一歩闘牛場に入ると実に華のある闘牛技を披露して観客を魅了した。

そして、運がよい観客はロンダで創始された技の見事な継承者であるパキリの、壮快にして豪胆な仕留め技のレシビールを見ることができた。

十八歳で正闘牛士に昇進したパキリは十八年後の晩夏、コルドバ県ポソブランコ闘牛場に姿を見せた。

パキリはこの日の闘牛を最後に、引退を決意していた。

現役最後に戦う牛はサヨレロ・イ・バンドレス闘牛牧場が飼育した貧弱な牛アビスパードだった。なにしろ四歳の秋口で体重四百二十キロしかなかったのだから。

一方、闘牛士パキリは牛がなんたるか知り尽くした古豪の闘牛士だった。

それでもローマ統治以来、保護され継承されてきた勇猛な牛の血は、未知と神秘を隠していた。

パキリはピカドールの前に貧弱な牛を誘導しようとした。

ところがパキリの油断を見澄ましたように右腿をはね上げたのだ。

その瞬間、闘牛士は飛ばされることなく、角の先端が十五センチから二十センチも死の三角地帯の内腿に刺さり込んだ。さらに牛が頭を持ち上げたので、パキリの体は串刺しにされたまま半回転して頭を下に逆立ちの格好になった。

豪胆なパキリはその格好のまま、まるで鉄棒の逆さ上がりのように片手を差し伸べ、牛のもう一方の角に手をかけ、頭の上に跨《また》がろうと試みた。

その直後、牛が走り出したのだ。

この衝撃的な角傷の光景と、手術室の堂々としたパキリの態度の一部始終をテレビカメラが記録していた。この映像はスペイン社会に、

「闘牛がなんたるか」

を改めて知らしめ、深い衝撃と感動を与えた。

私はパキリの葬式の数か月後、故郷のバルバテ村にパキリの実兄、剣係だったアルバラードを訪ねた。

「なぜパキリほど老練な闘牛士がミスを犯したか、死ぬ羽目に陥ったか」

と質問するためだ。

アルバラードとも一緒に闘牛の旅をしてきた仲だ。しばらく沈黙していた闘牛士の兄が、

「体が重くなったからだよ」

とぼそりと言った。

私はその言葉の意味が理解できなかった。

名闘牛士パキリの死の原因は、スペイン中のマスコミや識者があれこれと分析していた。こんな話は聞いたこともない。

「分からないか、チニート」

「分からないよ」

「若いうちは軽いから角で突かれても飛ばされるだけだ。だがな、弟は三十六歳だった。体重がデビューした頃より何十キロも重くなっていたんだ。するとどうなるか。飛ばされずに、貧弱な牛の細い角がずぶずぶと刺さり込んだのさ。それだけのことだ」

即物的な答えを返したアルバラードは暗く沈んだ部屋を見回した。

生涯千何百頭もの牛と対決し、時にレシビールで屠《ほふ》ってきたパキリの死因がこんなことだなんて、私は返す言葉がなかった。

アルバラードはそれが引退を決意した理由の一つでもあったと述べた。バルバテ村からセビリアへの帰り道、私は一つの光景を思い出していた。パキリと知り合ってどれほど過ぎたころか。彼が闘牛士の衣装に着替える瞬間を撮影させてもよいと許しをくれた。

闘牛士のきらびやかな服は十八世紀のスペインの宮廷衣装を模したものといわれる。衣装を身につけることによって、馬に乗ることを許されない階級の牡牛殺《マタトロス》しが一時《いっとき》いわば騎士に変身するのだ。

光の衣装と呼ばれる闘牛士服への着替えは闘牛の始まる二時間前から始まる。シャワーを浴びた闘牛士は真っ裸になり絹のタイツを身に付ける。薄暗くしたホテルの部屋でゆるゆると行われる、男だけの着替えは荘厳な変身の儀式だ。アンダルシア訛りのスラングしか話さない闘牛士が無言になり、ぴっちりと仕立てられた光の衣装を身に纏う。

その日、パキリはお好みだった臙脂色の光の衣装を私の前で身に着けた。着け終わったとき、パキリは中世の人に変身していた。私が知る皮肉屋の若者ではなかった。部屋を出る前、パキリは簡易祭壇の前のオリーブ油の灯明に火を点し、祈りを捧げて静かに出ていった。

闘牛士が無事仕事を終え、ホテルの部屋に戻ってきたとき、真っ先に行う行為が、神に感謝し、オリーブの灯明を吹き消すことだ。

だが、ポソブランコのあの午後、パキリは自ら灯明を吹き消すことはなかった。


闘牛体験は私になにをもたらしたか？

家族の犠牲を省みず、遅すぎた青春を堪能したことだけは確かだ。

女房はこの当時のスペインの暮らしを聞かれると常に、

「闘牛場、キャンプ場、市場しか存じません」

と答える。

この三つを結ぶものが旅のすべてであり、闘牛だった。

なぜあの時代、生死を眼前に凝視し続ける闘牛に私は魅せられたか。

私は若く、スペイン闘牛界も生き生きと輝いていた。

茫々三十数年の歳月が過ぎ、力の時代は遠くに過ぎ去っていた。

陰湿きわまりない閉塞感に満ちた日本社会は過酷にも希望なく一筋の光明すら望めない。

時代小説に転じたとき、私は現実社会を映したリアリティを改めて提供することはあるまいと考えた。それが人間の魂に触れ、肺腑を抉《えぐ》るものであったとしてもだ。

絵空事、嘘とすぐに分かる物語でもいい、浮世の憂さを晴らす読み物を書こうと思った。

父が倅を、娘が母を、女が男を、人が人を信じられる世間を描写しようと思った。

読後に一時の爽快感を得られるような物語を書こうと思った。

今の私にはもはや闘牛の生死の現実を見詰めるタフさも若さゆえの無謀もない。改めて時代小説を書く上で闘牛から示唆を受けるかと質問されれば、

「人が戦いに惹かれる本能の無意味さと崇高さ」

と曖昧に答えるしかない。そして、今一つ、闘牛から学んだ生死の非情さ、不条理の過酷を取り去った虚構の世界が、

「私の時代小説」

というほかはない。

体調を崩した後、短い休暇を取った。

その最中、文芸評論家の縄田一男氏のインタビューを受けた。氏は歴史・時代

小説の造詣深く、言わずと知れた斯界の権威だ。

私が「居眠り磐音」は未だ道半ば、完結する目処は立ってない。おそらく今の倍の五十巻くらいはいきそうだと洩らしたとき、縄田氏が、

「虚構の創作人物を主人公にした全五十巻のシリーズが出来たら前代未聞ですよ」

と応じられた。

「居眠り」が今後どう展開するか、漠たる流れは筆者の頭に浮かんではいる。だが、それらのモティーフがどう組み合わされ、具体的にどう進行するか、パソコンの前に座り、キーボードを叩き始めねば分からぬ、というのが正直なところである。

「シリーズ全体の流れを考えてないのですか」

と問われることがあるが、

「あるようなないような」

実に曖昧模糊としたものだ。

体調を崩して、創作上の人物の言動はすべて、こちらの心身の状態と連動していると実感した。私のテンションが下がれば、磐音も元気をなくす。それが高じ

れば連作中断の事態をも招きかねない。

虚構の創作人物であるがゆえに、筆者は各シリーズの結末を付ける責務がある。そのために休養を頂いた。リフレッシュした心と体で新たなる地平、「居眠り完結」に向かって再出発する。

この長い「あとがき」は偏に筆者の自戒と覚悟に過ぎない。

文春文庫

万《まん》両《りよう》ノ雪《ゆき》

居眠《いねむ》り磐音《いわね》（二十三）決定版《けつていばん》

定価はカバーに
表示してあります

2020年1月10日　第1刷

著　者　佐伯《さえき》泰《やす》英《ひで》

発行者　花田朋子

発行所　株式会社　文藝春秋

東京都千代田区紀尾井町 3-23　〒102-8008
TEL 03・3265・1211㈹
文藝春秋ホームページ　http://www.bunshun.co.jp

落丁、乱丁本は、お手数ですが小社製作部宛お送り下さい。送料小社負担でお取替致します。

印刷製本・凸版印刷

Printed in Japan
ISBN978-4-16-791429-5